Sabine Wyckaert

Trois sous un toit

Éditions Héloïse d'Ormesson | ROMAN

ISBN 978-2-487819-05-4

Éditions Héloïse d'Ormesson
92 avenue de France, 75013 Paris
www.editions-heloisedormesson.com
info@lisez.com

À mon père, qui m'a procuré le plus grand des souvenirs d'enfance
en me fabriquant une bibliothèque sur mesure
– avec de simples planches et des équerres

Pour ma mère, qui m'a offert mon tout premier ticket d'entrée
pour ce monde de tous les possibles : la librairie

Une étonnante maison-champignon

Jeanne, Lise et Agathe louaient l'appartement qu'elles occupaient, mais possédaient en proche banlieue une meulière plaisamment baptisée La Bicoque. Une étonnante maison-champignon montée en graine, quatre-vingts mètres carrés répartis sur trois niveaux qui se dressaient de travers sur un minuscule lopin. Un royaume.

Les trois femmes s'y rendaient en train, et les maigres kilomètres avalés en peinant par une locomotive d'un autre temps donnaient à Jeanne, qui ne sortait plus beaucoup, la grisante sensation de partir à l'aventure. Il lui suffisait de poser le bout de son soulier verni sur le marchepied, en montant dans le wagon, et des notes herbeuses, boisées et terreuses venaient chatouiller ses narines. L'odeur de leur campagne, aux portes de Paris, plus voluptueuse que n'importe quelle création d'un grand parfumeur.

Là-bas, Agathe écrivait dans le secret de sa chambre exiguë, chapeau d'un style indéfinissable coiffant la construction en pierre. Percée d'une unique fenêtre, la pièce s'était fâchée avec la géométrie : aucun angle ne filait droit et les murs obéissaient à des lois connues d'eux seuls.

Depuis sa vigie, avec pour horizon les toits d'autres maisons n'ayant pas eu l'audace de partir à l'assaut du ciel, et plus loin, à perte de vue, la forêt qui accueillait leurs pique-niques au premier rayon de soleil, Agathe s'adonnait à sa passion. Rangeant vivement dans un tiroir les feuilles couvertes de son écriture serrée, puis se jetant sur son lit avec un roman dès que grinçait l'escalier en bois tortueux.

Lise s'inquiétait parfois, touchait le front d'Agathe :

– Tu as de la fièvre ?

Mais c'était l'écriture qui rougissait les joues de sa fille. Et aussi, forcément, le trouble de devoir cacher à sa mère ce qui lui donnait sa raison d'être. Un besoin aussi élémentaire que respirer, boire ou manger… Écrire. Et lire. Le plancher de leur appartement parisien ployait sous les bibliothèques, les étagères s'essoufflaient sous les livres. D'autres encore s'entassaient maladroitement à même le sol. Il fallait parfois zigzaguer entre les piles, effectuer de curieux détours en traversant le salon pour rejoindre la cuisine. Les ouvrages gagnaient chaque jour du terrain, mais leur compagnonnage silencieux n'imposait rien, et Agathe aimait penser qu'en retour, ils goûtaient leur compagnie.

Un jour, dans le métro

Un jour, dans le métro, on s'était assis sur elle, preuve éclatante que le strapontin qu'elle avait choisi avant d'ouvrir son livre occupait davantage l'espace public que son propre corps, pourtant de chair et d'os, non de tissu et de métal. Pourtant chaud, tendre et palpitant, plutôt que froid, rigide et inerte.

Il faut dire que, dès qu'elle lisait, elle avait la sensation d'être moins présente au monde et finalement de s'en absenter, de quitter le terre-à-terre de la vie pour rejoindre une réalité supérieure.

Enfant déjà, Agathe passait inaperçue malgré elle. Elle aimait jouer sous la table de la salle à manger quand la famille se réunissait : elle s'y glissait juste après le dessert et chacun finissait par oublier sa présence – comme si elle disparaissait en même temps que la tarte aux pommes engloutie par ses oncles et tantes.

Au bout d'un moment, se croyant seuls, les adultes se mettaient à parler de choses d'adultes avec des mots d'adultes. Et Agathe, sans cesser de jouer avec ses poupées sous le couvert du bois de merisier, ne perdait pas une miette de ce festin de phrases qui la faisaient pouffer discrètement, la plongeaient dans des abîmes de perplexité ou la troublaient sans qu'elle sache pourquoi.

Sa grand-mère Jeanne aussi aimait tendre l'oreille.

Coiffée de son chapeau cloche, chaussée de ses souliers noirs vernis, elle allait tous les jours boire une orange pressée à la brasserie en bas de chez elles. Elle entrait dans la ruche d'un pas tranquille mais soucieux de ne pas gêner les serveurs affairés, gagnait le fond de la salle et s'y installait. Le mouvement modéré, le geste mesuré. Assise sur la banquette en moleskine verte, elle se noyait avec bonheur dans les flots de paroles des inconnus qui l'entouraient, se laissant emporter par ce brouhaha comme elle s'abandonnait jadis aux bras qui la guidaient, dansant valse, polka ou mazurka, à en perdre ses chaussures. Elle ne marchait plus qu'avec difficulté, refusait la canne par coquetterie, alors la brasserie Les Horloges, c'était sa guinguette à elle.

Elle avait aussi le mérite de lui faire oublier Gaston.

Le mari de Jeanne, malgré un âge avancé, avait encore féroce appétit. Alors que d'autres enchaînaient les verres, lui faisait la tournée des veuves – limitant toutefois son rayon d'action à deux ou trois immeubles et évitant avec soin leur bâtiment Art déco, dans un louable souci de discrétion.

Discrétion relative, car Jeanne avait finalement eu vent de ses activités par un livreur s'étonnant de voir ledit mari ouvrir leur porte quand, la veille, il ouvrait celle d'une voisine.

La paisible Jeanne pouvait encore le supporter : beaucoup de poussières s'entassaient déjà sous le tapis conjugal… jusqu'au jour où son époux avait commis l'irréparable. Un vendredi matin, emprisonnant ses yeux derrière ses mains, Jeanne avait interrogé Gaston sur leur couleur (un bleu pervenche, d'une limpidité à rendre jaloux les ciels d'été). L'homme, qui avait pourtant toute sa tête, avait été incapable de répondre, alors elle l'avait quitté sans tambour ni trompette. Elle n'était pas douée pour le scandale, n'avait pas le goût du tapage.

La vie offrait un spectacle permanent, selon Jeanne, et puisqu'il était gratuit, on n'avait pas le droit de se plaindre.

Tout le contraire de sa fille…

Sa Lise, une éternelle insatisfaite qui, au moment de mourir, s'écrierait sans doute: « Remboursez! »

À sa décharge, songeait Jeanne, le mariage de Lise avait été un fiasco. À l'émerveillement amoureux avaient succédé les illusions, puis le désenchantement. Si Flaubert devait avouer aujourd'hui: « Madame Bovary, c'est moi! », Lise le pousserait d'une bourrade, sans ménagement, pour s'insurger: « Ah non, c'est *moi*! »

Tout au long de la semaine, Jeanne voyait sa fille, professeure dans le lycée voisin, tenter de structurer son existence en portant des chemisiers à rayures ou à carreaux. Le vendredi soir, Lise ôtait ses chaussures en songeant que son désir de bien faire était une chimère, l'entreprise éducative, vouée à l'échec – alors le week-end, de guerre lasse, elle permettait à ses vêtements de fleurir. Mais le lundi matin, rassérénée par deux jours de tranquillité, elle se surprenait à reprendre espoir, et les chemisiers à motifs géométriques s'échappaient de nouveau du purgatoire.

Circonscrire le monde

Lise cherchait aussi à circonscrire le monde en suivant à la lettre les instructions d'une recette quand elle investissait la cuisine pour faire de la pâtisserie – la seule activité, avec la lecture, qui éveillait encore des ardeurs en elle. Une opération si cruciale qu'elle allait jusqu'à chasser son précieux Kéké de la pièce, et Jeanne comme Agathe savaient alors que Lise n'y serait plus pour personne durant une heure replète.

Une fois l'horizon dégagé, un tablier noué autour de la taille, le front plissé par une intense concentration, Lise pesait religieusement chaque ingrédient puis mélangeait avec application, remuait avec énergie, pétrissait avec frénésie.

Pénétrée du sentiment d'avoir raté sa vie, elle tenait à réussir au moins son gâteau : il s'agissait d'un besoin existentiel. Dans ce cocon carrelé de blanc dont elle avait refermé la porte avec soin, elle suait à grosses gouttes, les muscles tendus, cuisinant comme on joue sa vie à quitte ou double. Et il y avait sans doute un peu de ça.

Jeanne et Agathe se donnaient moins de mal, se limitant à un plat-signature : le « fourzytout » pour l'aïeule, le « méli-mélo » pour sa petite-fille. Deux noms désignant la même chose, en substance : les soirs de dèche, on fouillait frigo et placards avant d'accommoder, avec plus ou moins de bonheur, tout ce qui pouvait se cuire, à la poêle ou au four. Après être passées à table et avoir entièrement vidé leurs assiettes, quoi qu'il en coûte, les trois femmes votaient à main levée – et si, d'aventure, un plat recueillait tous les suffrages, il intégrait leur carnet de recettes.

Agathe comprenait que Lise aime tant confectionner des desserts. La pâtisserie avait tout de l'acte de création. Suivre les étapes de la recette en les lisant à mi-voix? Réciter une incantation. Voir les différents ingrédients se mêler sous l'effet de ses gestes? Observer une métamorphose. Et quand le mets tenait ses promesses, on pouvait déguster le fruit de ses efforts et le partager.

Seulement, il y avait plus magique encore aux yeux d'Agathe.

Quand elle écrivait, une alchimie s'opérait, engendrée par elle, la transparente, qu'on ne remarquait jamais. Elle ne se plaignait pas de cette injustice, elle en faisait simplement le constat et y trouvait même son compte, parfois. Cette invisibilité avait ses avantages: pas besoin de cape pour, les oreilles grandes ouvertes, capter l'air du temps. Prendre la température d'un lieu. Glaner tout un luxe de détails qui étofferaient ses récits.

Sur la rambarde de leur balcon

Kéké s'était invité un jour sur la rambarde de leur balcon. Sorti de nulle part. Étrangement mutique pour un perroquet. Elles avaient placardé des affiches dans le quartier, mais personne ne s'étant manifesté, elles avaient décidé, après vote à main levée, de garder l'intrigant volatile.

D'apparence plutôt ordinaire, Kéké collectionnait les bizarreries comme d'autres oiseaux accumulent, dans leur nid, perles et tessons de verre coloré.

Il avait vite dévoilé son véritable visage en retrouvant subitement la parole. Canaille au possible, il lui arrivait, quand elles passaient près de lui, de les faire sursauter en déclamant du Shakespeare à tue-tête, l'aile droite dressée de façon théâtrale. Le matin, quand elles arrivaient dans la cuisine encore froissées de sommeil, il les accueillait d'un tonitruant « Cocorico ! ».

Kéké récitait aussi avec panache *La Ballade des pendus* de Villon, *La Complainte* de Rutebeuf, ainsi que des poèmes qu'aucune des trois femmes ne connaissait. Recherches effectuées, elles n'avaient trouvé trace des vers nulle part et il avait fallu se rendre à l'évidence : Kéké composait. Après les sonnets, il s'était essayé aux alexandrins, mais la veine surréaliste paraissait avoir sa préférence (il aimait souligner l'absurdité de la condition animale et la vanité de l'existence).

Lise, confite d'admiration, l'avait un jour qualifié de poète. Depuis, Kéké s'exclamait souvent : « Je suis un poète ! Je suis un poète ! », avant de lisser ses plumes d'un air gourmand, et le mot « poète » sortait de son bec légèrement déformé, comme s'il disait « pouêt » – mais peut-être aussi qu'il refusait de se prendre au sérieux. Ou louchait sur l'OuLiPo.

Fort heureusement, l'idée d'emmener Kéké consulter un spécialiste pour ses défauts de prononciation et autres fantaisies n'avait jamais effleuré Lise. On avait donc le plaisir, aux moments les plus incongrus, d'entendre le perroquet se lancer dans le récit détourné des aventures « carambolesques » d'Edmond Dantès – le destin fabuleux du comte de Monte-Cristo, que Lise lui avait fait découvrir soir après soir, ayant marqué son esprit (et nourri un fantasme d'évasion ?). Kéké, en orateur né, se permettait d'ajouter des péripéties à une histoire déjà riche en rebondissements, prêtant telle ou telle saillie à Dantès.

Kéké avait choisi Lise pour maîtresse et se montrait très attaché à elle, presque collant.

Il savait aussi recevoir… Une vieille amie de Jeanne, en particulier, n'osait plus entrer dans la pièce qu'il occupait, car il entonnait aussitôt une chanson de son invention, dardant sur elle un œil noir :

Direct à la déchett'rie
Où on met les vieux débris
Et les torchons en charpie
Et les mamies en fin d'vie

Le doute n'était pas permis : il la visait personnellement. Si bien que viendrait le jour où, malgré les invitations répétées de Jeanne, elle ne mettrait plus les pieds chez elle.

Les trois femmes espéraient que les murs étouffaient les bruits, que les voisins ne comprenaient pas tout, et elles se surprenaient à regretter, parfois, l'époque de son mutisme.

Malgré ses défauts, le perroquet avait très vite su se rendre indispensable auprès de Lise qui s'endormait avec difficulté. Pour elle, il modulait ses inflexions, descendait dans les graves, sa voix enflait ; perché sur le valet de nuit en bois, à côté de son chevet, il lui faisait cadeau d'une météo marine fantaisiste, car Lise ne trouvait les bras de Morphée que par gros temps. Alors, même quand on annonçait à l'ouest une mer d'huile, à Paris, des eaux colères déferlaient dans le bec de Kéké, des gerbes d'écume se soulevaient et les vagues venaient se briser contre les rochers. Pour peu qu'on ait les yeux fermés, l'illusion était parfaite, et Lise s'endormait un soir à Ouessant, le suivant à Ouistreham.

À l'issue de sa prestation, le perroquet produisait une succession d'ondes sonores censées imiter le bruit du ressac, même s'il avait impeccablement rempli son office et que Lise dormait à poings fermés. Il avait les délicieux travers du perfectionniste.

À son réveil, Lise s'étirait en regardant par la fenêtre et la bruine parisienne prenait des allures de crachin breton. Elle se levait pour observer les pigeons du quartier, songeuse, et se demandait quels arguments s'opposaient à ce que ce soient en réalité des goélands, des mouettes ou encore des sternes – revêtus d'une livrée argent pour se fondre dans la grisaille urbaine. L'idée lui plaisait tant qu'elle décida d'essayer de la nourrir en elle, jusqu'à preuve du contraire. Mais sa tristesse l'emportait sans cesse.

L'album photo ouvert sur leurs genoux

Le médecin avait parlé d'amnésie rétrograde – le mal n'était pas forcément irréversible, la mémoire pouvait revenir mais il faudrait s'armer de patience. L'accident, cette fameuse marche ratée, remontait à trois années bien tassées. Par bonheur, Jeanne avait conservé son regard vif, l'étincelle qui l'habitait. Sa gaieté d'alouette.

Agathe « rafraîchissait » les souvenirs de sa grand-mère en lui présentant comme véridiques des récits de son invention, ou la réalité très enjolivée. Elle s'y employait avec d'autant plus de plaisir que Jeanne n'avait eu ni la vie facile, ni les moyens de réaliser ses rêves de lointain. Elle lui mitonnait donc une existence d'aventurière digne d'Alexandra David-Néel. Elle avait même composé un album fictif, avec des photos achetées en vrac chez Emmaüs, qu'elles feuilletaient ensemble.

Agathe, qui avait tant aimé découvrir au collège l'Antiquité grecque et romaine, élaborait une véritable mythologie familiale, offrait à chacune un rôle sur mesure – avec sa grand-mère en figure tutélaire, trônant fièrement sur un piédestal. Elle adaptait ses épopées selon l'humeur ou les envies de l'aïeule.

La transmission se faisait ainsi à rebours, de petite-fille à grand-mère. Installées côte à côte sur le canapé de velours vert, l'album photo ouvert sur leurs genoux, genou gauche d'Agathe, genou droit de Jeanne, elles remontaient le cours du temps jusqu'aux origines d'une vie brodée de bout en bout, ornée avec un soin infini. La petite-fille faisait don à l'aïeule de l'héritage familial, ouvrage de patience constitué de mots entendus, prononcés, couchés sur le papier ou non – un héritage aussi immatériel que l'air respiré, et pourtant aussi solide que les fondations d'une maison abritant jalousement une génération après l'autre, une génération avec l'autre. Aussi solide que les liens qui les unissaient.

Un geste définitif

Agathe se souvenait avec une précision aiguë, douloureuse, du jour où Lise avait flanqué son mari dehors. Elle revoyait la porte de l'appartement se refermant sur le visage rougi et déconfit de son père, ses bras ballants, ses cheveux en bataille. Le gros sac gris à la fermeture grippée dans lequel il avait fourré quelques affaires à la hâte. Les traits de sa mère, déformés par la fureur. Mais elle ignorait les raisons de cette rupture. Restaient la morsure de ce départ précipité, l'incompréhension et l'impuissance souveraines. Les points d'interrogation majuscules gravitant dans son crâne d'enfant de dix ans.

Jeanne, elle, était au courant. Comprenait Lise sans approuver son geste définitif. Mais elle se taisait pour ménager sa petite-fille qu'elle sentait fragile comme un moineau. Ne pas égratigner la figure paternelle. Agathe avait continué à voir son père, dans des cafés quand il logeait encore à l'hôtel, puis dans son nouvel appartement. Comment aurait-elle réagi si elle avait su ? Lui aurait-elle radicalement tourné le dos comme Lise ? L'amour filial et l'amour conjugal ne se nourrissent pas du même terreau.

Son père avait maintenant une nouvelle femme, une nouvelle famille. Leurs liens s'étaient distendus, leur relation s'étiolait et l'homme dérivait toujours plus loin, astéroïde échappant peu à peu à la gravité originelle. Quand ils se voyaient, ils évitaient les sujets compromettants, discutaient littérature, études d'Agathe. Il s'acquittait du minimum syndical : payer le déjeuner dans une brasserie et lui glisser quelques billets froissés à la fin du repas. Il ne demandait même plus de nouvelles de Lise, s'enquérait juste de la santé de Jeanne. La rupture était consommée. Agathe n'évoquait plus son nom devant sa mère.

Les percussions rythmiques d'un marteau-piqueur

Les grandes douleurs, affirme la sagesse populaire, sont muettes – mais pas nécessairement silencieuses.

Lise, sans prononcer un traître mot, s'était mise à remplir leur appartement de ses bruits. Des assiettes se heurtaient, des verres s'entrechoquaient quand elle vidait le lave-vaisselle, des portes et des fenêtres claquaient. Certains jours, elle passait des heures à arpenter chaque pièce, en proie à une sorte de transe, soulevant le moindre objet; des objets qu'elle reposait aussitôt, brusquement, sans les avoir déplacés d'un iota.

Un observateur extérieur l'aurait crue engagée dans une partie d'échecs géante, qui la dépassait mais qu'elle ne pouvait interrompre. Ces jours-là, Jeanne et Agathe se tenaient coites, échangeaient des regards troublés, lourds d'incompréhension, et se demandaient – sans oser poser la question à voix haute – quand l'effroyable remue-ménage prendrait fin.

Partie timidement dès potron-minet, quittant sa chambre en catimini, la colère de Lise traversait l'appartement d'est en ouest sans cesser d'enfler, nourrie de frustration et de ressentiment, et le soir venu, la fureur entrait en fanfare dans la cuisine, quand Lise se mettait aux fourneaux.

Le phénomène prenait de telles proportions qu'Agathe, très sensible aux atmosphères, songeait que les lieux n'auraient pas tremblé plus sous les percussions rythmiques d'un marteau-piqueur. Elle avait parfois l'impression que l'immeuble entier vibrait de la rage de Lise, tremblait d'indignation sur ses bases, les ondes de choc atteignant les fondations. Une colère inversement proportionnelle à la douceur de son prénom.

Il avait fallu que leur flamboyant ficus commence à faire grise mine, lâchant par poignées des feuilles encore vertes, pour que Lise s'alarme et revienne à de meilleurs sentiments, ravale sa souffrance pour le bien de tous.

Des bouquets de papier

Quand Agathe lisait…

Elle devenait Poil de Carotte raclant avec les dents les peaux de melon qu'on l'avait envoyé donner aux lapins.

Gaud, dans *Pêcheur d'Islande*, ouvrant l'armoire où reposait le tricot de son mari disparu en mer, un pull qui gardait l'empreinte de son torse…

Alice tombant sans fin dans le terrier du Lapin Blanc pour atterrir au pays des merveilles.

Ralph, dans *Sa Majesté des Mouches*, tentant d'inculquer la démocratie aux autres enfants échoués sur l'île.

Montag ouvrant les yeux sur les règles absurdes régissant son monde dans *Fahrenheit 451*.

Agathe voulait que sa plume puisse un jour procurer les mêmes émotions. Serrer la poitrine, réjouir l'âme. Alléger la tête. Chambarder le cœur. Lancer le carrousel des questions. En attendant, elle composait des bouquets de papier, réservant les plus réussis à Adeline Pinson. Elle lui lisait sa production de la semaine, comme on publiait autrefois le feuilleton dans le journal. Adeline en réclamait souvent plus et Agathe devait esquiver :

– On va arrêter là, je suis fatiguée.

Ou encore :
– J'ai mal à la gorge.

Des aveugles à qui elle faisait la lecture pour l'association Des yeux pour lire, Adeline était sa préférée. Elle avait une écoute généreuse, qui donnait presque plus qu'elle ne recevait. Auditrice active, Adeline commentait ce qu'on lui lisait. Ravie, attristée ou indignée, elle s'interrogeait tout haut, posait des questions sans détour et les deux jeunes femmes discutaient, échangeaient leurs points de vue. Ses interventions donnaient d'ailleurs à Agathe des pistes pour creuser ses histoires, nourrir ses personnages. Polir encore et encore.

Pianiste, Adeline avait l'oreille absolue et tiquait, fronçait légèrement les sourcils ou plissait le nez quand un passage, une phrase ne sonnaient pas juste. De retour chez elle, Agathe s'empressait de corriger son texte, supprimant l'adjectif ou l'adverbe en trop, développant ici, élaguant là. Exercice aussi périlleux que de marcher en équilibre sur une corde raide. Elle se faisait parfois l'effet du peintre qui chercherait la couleur parfaite, la touche juste, soulignant un modelé ici, ajoutant un aplat là. Seul devant sa toile, redoutant le trait de pinceau superflu.

Adeline était sa préférée, mais aussi la seule à qui elle dévoilait ses écrits personnels. Les autres malvoyants avaient droit aux romans mis à disposition par l'association. Agathe avait parfois des scrupules, le sentiment de profiter du handicap de la jeune fille, mais se tranquillisait en pensant que les textes devaient se partager : une fois prononcés à voix haute, les mots se mettaient à vivre, à se dilater. Et elle goûtait au plaisir de les entendre résonner pour quelqu'un d'autre qu'elle, ailleurs que dans la solitude de son perchoir au sommet de La Bicoque, où elle devait les chuchoter.

Apprivoiser un animal farouche

Agathe avait longtemps repoussé le moment de se mettre à écrire. Non par peur d'affronter la page blanche – elle ne manquait pas d'idées –, mais parce qu'elle craignait d'avoir tant fantasmé l'acte créateur qu'elle ne se montrerait pas à la hauteur. De réaliser qu'elle n'avait de l'écrivain que la fibre, pas l'étoffe. Elle ne se sentait pas prête à abandonner ses illusions.

Elle avait donc tourné autour de son bureau comme on cherche à apprivoiser un animal farouche, et c'était le doute en elle qu'elle voulait amadouer. La bête hostile qui lui rongeait les entrailles. Qui lui assurait qu'elle aurait, au mieux, le talent d'un imposteur ou d'un plagiaire. Lui susurrait qu'elle se rêvait démiurge, insufflant la vie à des personnages de glaise, alors qu'elle-même n'était qu'un pantin malléable.

Puis, un matin, elle s'était lancée. Enfin. Au début, refusant qu'on tombe sur ce galop d'essai, forcément imparfait, elle supprimait scrupuleusement le soir sa production de la journée, déchirant les feuilles avec zèle et glissant les lambeaux de papier dans sa besace pour les jeter dehors. Comme Pénélope défaisait la nuit son ouvrage, avec la même patience qu'elle l'avait tissé. Il n'y avait qu'à La Bicoque qu'elle s'autorisait à relâcher sa vigilance. Sa tour d'ivoire lui inspirait toutes les audaces.

Une fois obtenu son ordinateur portable, finie la mise en jambes, elle cessa d'effacer ses récits mais les dissimula derrière des fichiers aux noms rébarbatifs, *Enjeux microéconomiques et macroéconomiques de la mondialisation* ou *Dynamique des flux entrants et sortants en données corrigées des variations saisonnières*, assurée que personne ne les ouvrirait.

Asthmatique, aurait-elle le souffle nécessaire pour l'écriture au long cours ? Tiendrait-elle la distance sans désir autre que le sien ?

À présent qu'elle s'était jetée à l'eau, un flot continu de mots se déversait, jour après jour. Quand il débordait, elle devait parfois s'isoler dans les toilettes pour griffonner fébrilement, un carnet à spirales sur les genoux. Elle le cachait ensuite sous son pull, la peau de son ventre brûlant de ce contact. Le retour en arrière n'était plus possible.

Alors, pourquoi cette autocensure ? Elle n'aurait su le dire avec précision. Les entraves, multiples, se mêlaient et se brouillaient dans sa tête comme les lumières sur un pare-brise, un soir de pluie. Quelque chose résistait. Elle savait juste ceci, confusément : trop tôt pour en parler.

Il faut dire que la parole, avec sa mère, ne circulait pas avec une grande fluidité. Lise qui, ces derniers temps, paraissait ailleurs. Qu'on retrouvait plantée dans le couloir, un voile devant les yeux, à ne plus savoir ce qu'elle était partie faire. Dont les silences, entre deux phrases réticentes, s'étiraient.

Le phénomène s'annonçait par des mouches

Lise vivait la maturité comme un naufrage.

Elle avait fait cadeau à Jeanne de sa psyché, prétextant l'encombrement de sa chambre, mais Agathe n'était pas dupe : sa mère évitait son reflet. Elle entrait dans la salle de bains, et quand elle en ressortait, elle avait disparu sous un masque de fond de teint et de poudre. Pour s'effacer, se fondre dans la foule. Prendre ses distances avec des élèves qui suivaient ses cours distraitement.

Les rares fois où Lise se fixait dans le miroir, elle s'attardait sur chaque détail, critique : la colline de ses pommettes s'affaissait, un ruisseau prenait sa source à l'angle de ses paupières, creusant son lit, un glissement de terrain s'invitait le long de sa mâchoire, menaçant la plaine de ses joues. Puis, de manière inévitable, son regard s'arrêtait sur son nez. À bien l'étudier, il ressemblait furieusement à une patate. Avec un prénom aussi délicat que le sien, il aurait été de bon ton, trouvait Lise, que son nez soit charmant. Voire racé. Discret, en tout cas. Mais la nature se souciait peu de ce genre de considération. Elle n'en faisait qu'à sa tête.

Quand Lise se regardait dans le miroir, il arrivait souvent que les traits en commun avec sa mère ou son père se mettent à dominer dans son reflet. Ses parents se présentaient parfois en même temps, se faisaient des politesses avant que l'un s'impose. Ça ne la dérangeait pas, c'était affaire de génétique et elle l'interprétait comme une visite de courtoisie familiale.

En revanche, cela la perturbait énormément de voir, certains jours, le visage d'Anne Roumanoff remplacer le sien. Le phénomène s'annonçait par des mouches qui venaient danser devant les yeux de Lise ; quelques mouches bientôt rejointes par d'autres, et la nuée grossissait, obscurcissant de plus en plus sa vision. Puis l'essaim disparaissait soudain, de façon aussi inexplicable qu'il s'était formé. Lise se frottait les paupières, hébétée, il lui fallait quelques secondes pour accommoder et, la mise au point faite, elle se retrouvait face à Anne Roumanoff.

Dans la lumière crue des ampoules

La première fois que la chose était arrivée, Lise s'était pincé les joues jusqu'au sang, avait tâté son front, son menton, son nez. C'était pourtant bien son visage qu'elle sentait sous ses doigts !

La tête solidement arrimée aux épaules, Lise avait cherché à déterminer quel facteur pouvait déclencher ce processus, convoquer l'indésirable sur la vitre de la petite armoire suspendue. Est-ce qu'un enchaînement de gestes précis avait pour résultat de provoquer l'apparition ? Ou encore une pensée particulière ? Un mot prononcé à voix haute ?

Après chacune de ces métamorphoses, elle passait en revue toutes les hypothèses, de la plus saugrenue à la plus insensée car aucune cause rationnelle ne lui semblait pouvoir expliquer l'impensable. Consulter un ophtalmologue ? Elle voyait parfaitement le reste du temps, et ne voulait pas passer pour folle. Voir un psy ? Pas question. À court d'idées, elle se demandait en boucle ce qu'elle avait bien pu faire à l'humoriste pour mériter cette irruption dans sa salle de bains. De quel droit violait-elle son intimité, sans même s'annoncer en frappant à la porte les trois coups du brigadier ?

Seulement… qui sait ? Peut-être que Lise lui rendait la pareille. Peut-être que ses propres traits venaient se substituer certains soirs à ceux d'Anne Roumanoff, quand l'humoriste quittait la scène. Qui phagocytait l'autre ? Le visage de Lise couvait-il sous l'épaisse couche de maquillage tout le long du spectacle, attendant son heure ? Et lorsque le dernier disque de coton sale tombait dans la poubelle, il s'imposait dans le miroir, surgissant dans la lumière crue des ampoules. Si cela se trouvait, la comédienne subissait une intrusion identique et se posait les mêmes questions. À ceci près qu'elle voyait se matérialiser, non des traits célèbres, mais ceux d'une illustre inconnue. Lise n'aurait sans doute jamais l'occasion d'élucider la question, mais elle était bien placée pour savoir que l'inexpliqué avait lui aussi droit de cité dans un monde quadrillé à l'extrême – où la technologie ravalait l'envoûtante *terra incognita* au rang de locution latine couverte de poussière.

En attendant, elle avait fait don à sa mère de sa jolie psyché en bois blond. Les jours Roumanoff (car le temps se découpait maintenant en jours Roumanoff et en jours non-Roumanoff), elle s'y voyait de pied en cap, en robe rouge ; une couleur qu'elle ne portait jamais, qui la mettait mal à l'aise. Le rouge symbolisait pour elle la colère, la haine et la honte. Des sentiments qu'elle essayait de chasser.

Leur modeste jardin de curé

Agathe, affamée d'écriture, nourrissait un autre rêve, celui d'emmener Jeanne voir la mer. « Une dernière fois », disait avec optimisme l'aïeule qui avait toujours été fascinée par les vastes aplats bleu-gris, les immenses étendues de sable, le ciel sans entraves. Il y avait bien la vieille voiture de Lise, sa carriole comme elle l'appelait affectueusement, mais Agathe n'avait jamais décroché le précieux sésame. Et pas question que Jeanne prenne le volant avec ses mauvais yeux et ses jambes qui lui faisaient des misères. Quant à Lise, elle n'avait jamais le temps, jamais l'envie. « Trop loin », répétait-elle avec mauvaise foi. Elles auraient pu prendre le train, seulement Jeanne refusait d'y aller sans Lise qui, là encore, freinait des quatre fers. Et Agathe, prise en tenaille, se demandait comment résoudre la quadrature du cercle…

Comme certaines collectionnaient les dés à coudre et les exposaient dans une vitrine en bois, Jeanne, elle, demandait à ses amis et connaissances allant sur la côte de lui rapporter de gros coquillages. Peu importait leur variété, qu'ils soient beaux ou pas, elle s'évadait en les collant à son oreille. Et lorsqu'elle n'entendait plus la mer, que le va-et-vient des vagues s'interrompait, elle les mettait soigneusement de côté avant de les glisser dans son sac au moment de prendre le train.

À la campagne, elle les semait devant La Bicoque, dans leur modeste jardin de curé, les enfonçait un peu dans la terre argileuse pour qu'ils restent en place malgré la pluie. Composant avec patience une vaste et complexe mosaïque d'entrelacs, de vrilles, d'arabesques – de celles qu'on dessine machinalement dans le coin d'une feuille pendant une conversation téléphonique.

À condition de prendre un peu de hauteur, les motifs auraient évoqué, pour un œil averti, une œuvre du Facteur Cheval ou un géoglyphe péruvien. Ils intriguaient le quidam passant devant le portail en fer ajouré, faisaient secouer la tête ou hausser les épaules à certains voisins.

Sur le chemin du retour, Jeanne tendait les bras devant elle, écartait les doigts et admirait ses ongles en deuil. Non, décidément, elle ne pouvait pas se résoudre à se récurer les mains avant de quitter La Bicoque : ces extrémités crasseuses qu'elle contemplait dans le train, provoquant les grimaces de Lise quand celle-ci levait les yeux de ses copies, constituaient l'un des plus beaux spectacles qu'elle puisse imaginer. Elle regardait ses ongles ourlés de noir et y lisait la promesse qu'elle retrouverait son jardin – peut-être aussi fallait-il y voir de la superstition, donner à la chose le nom de rituel. Il y aurait encore, forcément, corps-à-corps avec le sol. Un duel pacifique à l'issue attendue, évidente, invariable, et le plaisir intact de sentir la terre s'ouvrir après avoir opposé une légère résistance. Puis les mains qui plongeaient, creusaient, remuaient, semaient des graines, déposaient des mottes, disposaient des bulbes, refermaient, tassaient. Un échange muet sans qu'on sache qui donnait, qui prenait ; un pas de deux tantôt serein, tantôt fiévreux, l'aïeule menant la danse de ses gestes assurés. Et pour finir, les doigts tapotant la surface, dernière caresse avant que Jeanne se relève de son tabouret de jardinage en osier.

Une coquetterie dans l'œil

Maintenant qu'elles abritaient deux animaux sous leur toit, Lise estimait qu'on pouvait lâcher le mot de ménagerie. Jeanne avait trouvé le chat installé sur leur paillasson en rentrant de la brasserie. Il avait piteuse allure, une coquetterie dans l'œil et le poil en berne, collé par les torrents de pluie qui se déversaient ce jour-là, mais il se dégageait de lui une vague promesse qui l'avait convaincue de lui donner sa chance. De le laisser entrer chez elles.

Recherches faites, le chat était sans attaches.

Nourrissant pour lui de grandes ambitions, Jeanne l'avait baptisé Schopenhauer, un peu hâtivement car il n'allait jamais faire preuve d'une faculté qui le distingue du matou commun. Il se contentait de manger ce qu'on lui donnait, dormait quand il voulait dormir, se laissant tomber lourdement là où l'envie lui en prenait. Usait ses griffes sur le canapé de velours vert et lâchait de temps en temps un jet d'urine sur le ficus, marquant un territoire qu'aucun autre félin ne lui disputait.

Le seul sport qu'il daigne pratiquer consistait à sortir par la fenêtre du salon pour aller et venir entre leur appartement au troisième étage et celui d'en face, de l'autre côté de la cour intérieure, empruntant la gouttière avec une inconscience rare. Chat de gouttière il était, chat de gouttière il resterait, et Jeanne avait bien dû admettre que Schopenhauer n'avait d'intelligent que son prénom.

Après une période agitée qui les avait vus se chercher des puces dans la tête, perroquet et chat cohabitaient désormais en bonne intelligence. Ils avaient trouvé un *modus vivendi* : Schopenhauer s'abstenait de manger les croquettes de Kéké, et Kéké essayait de ne pas trop lorgner sur la pâtée de Schopenhauer.

Une fois que les deux compères avaient le ventre bien garni, il arrivait même qu'on voie Kéké parader dans l'appartement, perché sur le dos de Schopenhauer qui le promenait placidement d'une pièce à l'autre, le perroquet le dirigeant d'une voix forte, avec l'autorité d'un général sur le champ de bataille.

Une femme approximative

Jeanne s'inquiétait pour Lise. Au point de lire son journal intime, un épais carnet muni d'un cadenas factice, que celle-ci cachait sous son matelas (sans aucun esprit d'invention). Lise s'y dépeignait avec une minutie qui frisait la cruauté, et sa mère s'alarmait d'y découvrir des choses comme :

« C'est d'abord le maquillage qui se barre, et plus tard tout le visage. »

« La ménopause, antichambre de la mort. Le thermostat est détraqué, dernier arrêt avant terminus. Clap de fin. »

« "Jamais grand nez n'a gâté beau visage", prétendait Papy. Il me disait aussi : "Le nez, c'est comme le clocher au milieu du village." D'accord, mais mon clocher à moi penche et les maisons autour s'en éloignent avec une paresse trompeuse, elles obéissent à un glissement de terrain sournois – ce sont des rats quittant tranquillement le navire devant la catastrophe annoncée. J'ai droit à une torture lente et sophistiquée. »

« Je suis une femme approximative. »

« C'est d'abord le langage qui se relâche, puis les joues et le menton. Les seins prennent le relais, encourageant le

ventre puis le reste du corps à suivre le mouvement, et une fois lancé, l'implacable processus vous fait descendre une pente savonneuse, suivre une flèche qui pointe vers le sol, obéissant aux lois de la gravité. Tout se met à dégringoler, absolument tout, et un beau jour, après avoir mollement collectionné les bourrelets (par fatalisme plus que par conviction), on finit moulé dans son siège – épousant la forme de son fauteuil pour les mieux lotis, ou débordant des accoudoirs pour les moins chanceux. Obligé d'attendre qu'une bonne âme veuille bien nous en extirper pour la promenade de santé réglementaire. »

« "Le corps est un temple, il faut le respecter", disait l'esthéticienne que je voyais autrefois. Mon temple n'est plus visité que par des touristes irrespectueux qui regardent vaguement autour d'eux, puis sortent sans avoir retenu les explications du guide, abandonnant sur place paquets de chips éventrés, mégots qui achèvent de se consumer, papiers gras, emballages de bonbons collants. Moi-même, je déserte ce corps. Je ne le considère plus dans son ensemble, mais morcelé : mon nez, mes seins à géométrie variable, ma cuisse gauche plus forte que la droite, le haut qui ne va pas avec le bas. Je suis un puzzle dont les pièces ne s'emboîtent plus. Et puis, il y a ces visions dans le miroir de la salle de bains… »

Cette dernière phrase était, de toutes, la plus alarmante, jugeait Jeanne. De quelles visions parlait-elle ? Lise devait-elle voir un spécialiste ? Passer une IRM cérébrale ? Consulter un psychiatre ? Et comment évoquer le sujet sans qu'elle la soupçonne d'avoir lu son journal intime ?

Le cœur de Jeanne se tordait de découvrir sa fille si tourmentée, même si celle-ci faisait tout pour sauver les apparences.

Lise souriait quand on la regardait, mais ce n'était qu'un masque fatigué, elle faisait de plus en plus de pâtisseries – fuite en avant – et mettait de plus en plus d'épices dans ses plats, comme pour relever une vie sans saveur.

Rater une marche

Que faire ? se demandait Jeanne. Souhaiter à Lise de rater une marche, elle aussi ?

Rater cette marche avait été, au bout du compte, la meilleure chose qui puisse lui arriver à ce stade de sa vie. Elle venait de quitter Gaston, bouleversée, et s'en était tirée avec une cheville foulée et une légère bosse à la tête. C'était à l'hôpital, en entendant le diagnostic de « possible commotion cérébrale », qu'elle avait décidé de tout oublier : son mariage avec Gaston, leurs hauts et leurs bas… jusqu'à son prénom. Liquidant soixante ans de vie commune en un battement de cils. Lise et Agathe n'en savaient rien, elle nourrissait bien des scrupules à leur mentir mais ça valait mieux.

Les visites de Gaston s'étaient peu à peu espacées, voilà un an qu'il ne s'était plus montré. Elle n'avait plus à supporter sa mine enfarinée, ses yeux de bête traquée, la sempiternelle casquette à carreaux qu'il tordait entre ses mains. Les gouttes de sueur sur son visage. Son odeur aigrelette, comme du lait qui aurait tourné. Ses vestes toujours trop grandes, les manches mangeant les mains. Même quand il se taisait, sa présence était boucan.

Le plus beau ? Bourrelé de remords et se sentant coupable de sa chute, de son amnésie, il lui avait fait cadeau de La Bicoque qui avait appartenu à sa mère, Double-Mémé Odette. Quand ce genre de pensée lui venait, Jeanne se sentait délicieusement immorale. Comme un enfant qui aurait chapardé des bonbons dans le placard du haut sans se faire prendre.

Dans la famille, elles avaient toutes un petit vélo dans la tête, Double-Mémé Odette le répétait régulièrement – elle avait beau avoir perdu la boule, elle n'en disait pas moins des choses sensées de temps en temps. À l'image des pendules arrêtées qui continuent malgré tout à donner l'heure juste deux fois par jour. Elle avait son franc-parler, une perruque violine et un rire à faire trembler les murs qui découvrait largement des gencives carnassières.

C'est Agathe qui l'avait surnommée « Double-Mémé », car son arrière-grand-mère lui paraissait trop vieille pour être une simple mémé. Le surnom était resté, même après l'entrée d'Agathe dans l'âge adulte.

Odette était morte cinq ans plus tôt, quelques jours après son installation en maison de retraite. Frappée par un AVC comme d'autres succombent à la foudre. Jeanne pensait à elle souvent, regrettait la confidente qui lui prêtait deux oreilles plutôt qu'une, accueillant avec bienveillance les doléances de Jeanne concernant son fils unique Gaston, ne laissant rien filtrer de ces échanges. À tel point que Jeanne n'osait pas déplacer certains objets laissés par Odette à La Bicoque. Les napperons crochetés avec amour sur le dessus de la télé, le dossier et les accoudoirs du canapé élimé, son fauteuil à l'assise si défoncée qu'on ne pouvait plus l'utiliser, les sabots de jardinage près de la porte du cellier.

Et une fois par mois, Jeanne asticotait Agathe et Lise pour qu'elles briquent ensemble la somptueuse batterie de cuisine en cuivre. Chacune râlait un peu, pour la forme, car c'était l'occasion de discuter autour de la table, sans façon, comme quand elles écossaient les petits pois : les mains occupées, l'esprit vagabondait et cela donnait parfois lieu à des conversations décousues mais pleines de vérité.

Des papillons dans le ventre

Jeanne continuait de se rendre assidûment aux Horloges, mais une raison de plus la poussait à y boire son orange pressée quotidienne : les papillons qui lui voletaient dans le ventre.

L'homme venait tous les jours depuis quelques mois. La calvitie discrète, le regard doux, les mains soignées. Importantes, les mains chez un homme, selon Jeanne. Cela en disait long. Il boitait un peu, comme elle, mais lui osait la canne.

Jeanne avait décidé qu'il était veuf, et s'appelait Gustave. Elle le regardait du coin de l'œil, essayait de lire en lui. Ou l'observait avec discrétion par l'entremise des miroirs de la salle. Car, si elle avait sa place de prédilection, Gustave ne s'asseyait pas toujours au même endroit. Il se rapprochait. Insensiblement.

Jeanne lui inventa une vie. Il avait un coquet deux-pièces sous les toits, donnait à manger aux pigeons du parc, lisait le soir dans son lit et s'endormait, ses lunettes de travers sur le nez. Elle le fantasmait mais ne l'idéalisait pas ; il avait, ainsi, la manie de laver sa tasse dans le petit évier dès qu'il avait fini son café. Et des marottes, comme sa collection d'avions miniatures. Avait-il été pilote dans ses jeunes années ? Oui, avait tranché Jeanne que Saint-Exupéry avait toujours fait rêver.

Gustave était veuf, donc. Sa femme l'avait quitté par un froid matin de décembre ; lorsqu'il était revenu dans la chambre avec le petit déjeuner qu'ils avaient pour coutume de prendre au lit le dimanche, elle ne bougeait plus, ne parlait plus. Il l'avait secouée un moment sans comprendre. Et puis, les pompiers, les voisins curieux qui se pressent à la porte, le médecin qui remue lentement la tête de gauche à droite d'un air compatissant. L'enterrement. Le caveau de famille qui disparaît sous un océan de fleurs. Les visages qui défilent pour les paroles de réconfort, tous flous, tous pareils. Les mains serrées sans conviction. La vie qui reprend, mais seul. Les endroits aimés à deux qu'on déserte. Les nouvelles habitudes qui s'installent peu à peu, les bonnes comme les mauvaises.

Jeanne se rendit compte que, perdue dans ses pensées, elle serrait son verre au risque de le briser. Il y avait comme une chaleur sur sa joue gauche, elle tourna la tête et rencontra un regard. Son regard. Installé à trois tables de là, il détourna les yeux sans précipitation, mais elle avait eu le temps d'y lire un intérêt mêlé de curiosité. Lui imaginait-il une vie comme elle le faisait pour lui ? Ou, plus terre-à-terre, tentait-il de tirer des conclusions en détaillant son visage, ses vêtements, ses manières ?

Le lendemain, Gustave avait de nouveau progressé. Assis à deux tables de la sienne, il avait commandé un chocolat avec de la chantilly qu'il sirotait ; elle le trouva touchant et se demanda quel petit garçon il avait été, quelle enfance il avait eue. Mais elle s'interdit d'y penser plus avant : il lui raconterait, elle en eut alors la certitude.

Entrant aux Horloges, le lendemain, elle ne fut nullement surprise de le voir à la table voisine de la sienne.

Leur premier vrai rendez-vous

Ils restèrent assis l'un à côté de l'autre quelques semaines encore. N'échangeant qu'un bonjour rapide lorsque Jeanne s'installait. Il était toujours là avant elle, elle repartait toujours avant lui. Jeanne faisait durer son orange pressée pour lui donner le courage de lui adresser la parole, elle était un peu vieille France et estimait que c'était à lui de s'y coller, mais un jour, n'y tenant plus, elle lui tendit brusquement la main :

– Jeanne.

Il prit sa main, se pencha vers elle :

– Gustave.

Stupéfaction.

Jeanne, très sensible à la musicalité des voix, se laissa envoûter par son baryton chaud. Elle s'amusait des proverbes qu'il s'appropriait, détournait à son compte : « un mot pour chaque chose, et les vaches seront bien gardées » ; « pensée bien ordonnée commence par soi-même ». Il inventait aussi des expressions, comme « rabibocher les chaussettes », « bâiller à pierre fendre » ou « se rebrousser les manches ». En était-il conscient ? Le faisait-il exprès ? Elle préférait ne pas soulever le voile du mystère.

Ils devisaient tranquillement, comme de vieux adolescents qui auraient devant eux tout le temps du monde. Puis vint le jour où

Gustave invita Jeanne à déjeuner. De manière abrupte. Les mots trop longtemps retenus, tournés et retournés, s'étaient précipités dehors.

Jeanne accepta aussitôt. Mais rentrée chez elle, elle paniqua : qu'allait-elle mettre ? On ne portait pas la même chose pour un déjeuner que pour une orange pressée. C'était leur premier vrai rendez-vous, elle voulait faire sensation. Mais pas question de sortir l'artillerie lourde, de se transformer en sapin de Noël. Elle porterait son tailleur-pantalon vert amande à la coupe sobre, un simple collier de perles.

Et elle fit sensation.

La carte avait changé. Catastrophe.

Pas de canne pour Jeanne, pas de lunettes en public non plus. Elle connaissait par cœur les plats de la brasserie, dont elle avait « emprunté » un menu. Ce qui lui évitait de sortir ses loupes, qu'elle trouvait affreuses. Les amies avec qui elle partageait un repas n'étaient pas dupes, mais Jeanne, à quatre-vingts ans passés, tenait encore à faire illusion auprès des serveurs qui s'affairaient autour d'elles.

– Je vais prendre la souris d'agneau, déclara Jeanne ce midi-là, après avoir fait mine de consulter la carte.

– On ne la propose plus au menu, madame, répondit le serveur avec un air de regret.

Jeanne piqua du nez et se remit à fixer le morceau de papier plastifié, consternée. Elle sentait les regards du serveur et de Gustave peser sur elle, mortifiée.

Le silence se dilatait, de plus en plus inconfortable.

D'une petite voix étouffée, elle lâcha à l'intention de Gustave :

– Choisissez pour moi.

La féministe en elle, celle qui avait brûlé son soutien-gorge, avait envie de l'étrangler.

Gentiment, il prit sa main et lui glissa, assez bas pour que le serveur n'entende pas :

– Je suis sûr que vous êtes délicieuse avec des lunettes…

Un cumulonimbus moelleux et dodu

Jeanne flottait sur un nuage. Un cumulonimbus moelleux et dodu. Gustave la comblait… De joie, de rires (qu'est-ce qu'ils pouvaient rire !) et d'attentions. Un roman, une rose blanche, une minuscule boîte à musique qui, remontée à l'aide d'une manivelle encore plus minuscule, jouait *Une petite musique de nuit*… Rien à voir avec Gaston qui exprimait ses sentiments avec des grognements ou des reniflements. Usait de monosyllabes comme s'il comptait les mots, en plus des sous. Les serveurs, qui n'avaient pas manqué de remarquer le manège de Gustave s'approchant de Jeanne, étaient aux petits soins et souriaient toujours en passant près de leur table. Leur bonheur devait être contagieux.

Agathe et Lise avaient constaté un changement : Jeanne allait aux Horloges plus pimpante, passant plus de temps à choisir sa tenue, ajoutant un bracelet à son poignet, un collier à son cou. Un jour, elle était revenue avec un petit bouquet de violettes à la boutonnière. Elle avait le « À tout à l'heure ! » plus enjoué, des étoiles dans les yeux. Elle s'était remise à siffler, les régalant de joyeux récitals. Mais Jeanne ne disait rien de spécial : elle voulait garder son Gustave secret, encore un peu. Une fois qu'elle l'aurait présenté, il ne serait plus tout à fait à elle. Ce qui ne l'empêchait pas de parler d'Agathe et de Lise à Gustave, qui s'impatientait de les rencontrer.

– Agathe, je l'appelle « ma souris » parce que c'est un vrai rat de bibliothèque ; mais une souris, c'est plus joli, non ?

– Je trouve aussi. Décris-la-moi.

– Menue. Avec des formes tout de même, qu'elle cache sous des vêtements gris ou noirs. La peau très claire. Des cheveux châtains, un peu ternes, je dois dire. Des taches de rousseur, comme une pluie d'automne sur son nez. Mais tu vois, malgré son apparence gris souris, Agathe est une pierre précieuse. Elle aurait juste besoin qu'on la polisse un peu pour la révéler. Mais je crois que ça ne la dérange pas qu'on ne la remarque pas. Peut-être même qu'elle apprécie, je ne sais pas. Elle est assez secrète, ma petite-fille.

– Et ses yeux, parle-moi de ses yeux !

Une obsession chez Gustave. Déformation professionnelle, sans doute : il était ophtalmologue dans une autre vie.

– Agathe a des yeux couleur mousse, comme... ces tapis de sous-bois qui se dévoilent au hasard d'une promenade en forêt, quand on a quitté les sentiers raisonnables.

– Tu es poète, ma Jeanne.

– On l'est toutes dans la famille. Agathe ne le montre pas, mais je le sens. Quant à Lise, elle a un langage très imagé. Quand je lis son journal in...

Jeanne plaqua sa main contre sa bouche. Elle n'avait certainement pas l'intention de révéler ce travers de sa personnalité, seulement Gustave savait écouter – il lui aurait fait dévider n'importe quelle bobine. Le vieil homme esquissa une petite moue réprobatrice mais leva aussitôt les deux mains, l'air de dire : « Va, je t'absous ».

Jeanne avait les joues cuisantes de honte. Heureusement, Gustave lui fit grâce d'une remarque mi-figue mi-raisin, et reprit :

– Et les yeux de ta fille Lise, alors ?

– Très changeants, et pour les observatrices averties que nous sommes, Agathe et moi, ils révèlent les émotions qui l'animent. La colère les fait virer au gris orage, la tristesse au gris cendre, et le découragement les délave.

– Rien de très joyeux, dis-moi…

– Parce que Lise est très sombre, en ce moment. Je ne sais pas ce qu'elle couve. Je crois que vieillir, enfin mûrir, ne lui réussit pas.

– Contrairement à toi.

– Tu ne m'as pas vue plus jeune !

– Eh bien justement, apporte des photos la prochaine fois.

Des clichés sépia

Elle apporta des photos, les plus anciennes, des clichés sépia rangés dans le tiroir du haut de sa commode. Il se moqua gentiment de ses nattes, la plaignit pour ses genoux couronnés après une chute de vélo, contempla longuement la photo de mariage où elle portait une robe à longue traîne ramenée sur le côté, ornée de guipure. Regardait-il sa tenue couleur champagne ? Son visage si lisse ? Ses cheveux remontés en un chignon mousseux ? Le petit bouquet rond qu'elle tenait à deux mains ? Ou l'allure de Gaston, emprunté et engoncé dans le costume de ville loué pour l'occasion ? Il avait refusé d'en acheter un : il n'allait quand même pas le porter pour les travaux des champs ! Et comme Gustave lui rendait le cliché sans rien dire, elle commenta :

– Cette robe, je l'ai cousue moi-même.

– Vraiment ?

– Oui, vraiment. J'aurais voulu être couturière, je me suis retrouvée paysanne.

– Par amour pour Gaston ?

– Pour mes parents, agriculteurs eux aussi, posséder des terres et les cultiver c'était la richesse. Le plus beau métier du monde. Ils m'ont dit que l'amour pouvait s'épanouir ensuite.

– Tu le regrettes ?

– Je l'ai regretté à l'époque, avant de me faire une raison. Je m'adapte, tu sais, je m'enracine où on me plante. Et je ne peux pas en vouloir à la terre: elle m'a tant donné et continue à me donner tellement! Mais maintenant, je me limite aux fleurs et à notre petit potager de banlieue.

– Et... Gaston? Tu ne le vois plus?

– Parlons d'autre chose, d'accord?

Jeanne se sentait libre de discuter de tout avec Gustave, mais cet interdit demeurait. Elle n'avait mentionné Gaston que pour dissiper les ombres de sa vie, entamer proprement cette nouvelle relation. Alors elle se mit à faire tourner son jus d'orange dans son verre, la tête penchée vers la table. Son silence se prolongeant, menaçant de virer au mutisme, Gustave évoqua sa femme disparue:

– Charlotte était ronde, très ronde, comme si on avait garni sa taille de coussins. C'est parce qu'elle débordait de gentillesse... Elle avait un beau visage ouvert, tourné vers les autres. Tellement qu'elle s'oubliait, dans le lot. Je lui en faisais parfois le reproche. Je lui disais qu'elle devait elle aussi profiter un peu de sa générosité.

– Ça se manifestait comment? demanda Jeanne en relevant le nez.

– Sa gentillesse et sa générosité, tu veux dire? Elle cuisinait des plats pour tout le voisinage. Les petits vieux, les mères célibataires... Quand je convoque son souvenir, je la vois toujours affairée, devant la cuisinière. C'est l'image qui s'impose. Elle allait au petit magasin du coin pour les autres aussi. Elle souffrait et soupirait dans l'escalier parce qu'on n'avait pas d'ascenseur, mais elle leur montait quand même les courses. Je lui répétais de m'appeler pour que je vienne l'aider, mais elle n'en faisait qu'à sa tête. Dure comme du béton armé, sa caboche.

– Et ses yeux?

– Vert jade. Un lac paisible. Elle, elle se moquait: « Yeux verts, yeux de sorcière ». Et c'est vrai qu'elle l'était un peu, ma Charlotte.

– Sorcière?

– Elle devinait beaucoup de choses, des pressentiments la réveillaient au beau milieu de la nuit. Elle sentait quand s'écarter à l'angle d'une rue, pour ne pas entrer en collision avec un passant. Et même quand je rentrais du travail plus tôt que prévu, elle me lançait: « Je t'attendais ».

– Bizarre… Ça ne te faisait pas peur?

– Non, c'était elle, voilà tout.

Jeanne rangea les photos dans son sac en faux croco (elle aimait le petit bruit sec que faisait le fermoir métallique) et rentra chez elle. Elle avait toujours plus de mal à quitter Gustave. Quant à Lise et Agathe, elles se doutaient forcément qu'il y avait anguille sous roche. Viendraient un jour les questions… Alors elle décida de les devancer. Et d'inviter Gustave chez elles.

Un inconnu qui porte beau

Jeanne prit le taureau par les cornes dès le lendemain. Il n'y avait encore ni Lise, ni Agathe lorsqu'elle fit entrer Gustave dans l'appartement. Il s'attarda devant chaque bibliothèque (« Tu les as tous lus ? ») et, surtout, réussit l'examen de passage avec leur ménagerie : Kéké se percha sur son épaule et Schopenhauer accourut pour se frotter à ses jambes.

Lise revint la première. Laissa tomber sa sacoche et son filet de courses en découvrant sa mère assise sur le canapé, main dans la main avec un inconnu. Qui portait encore beau, ma foi.

– Lise, je te présente Gustave, un ami. Gustave, voici Lise, ma fille.

– …

Heureusement, Lise se ressaisit bien vite, proposant à Gustave la boisson que Jeanne ne lui avait pas offerte. Après tout, ils remontaient des Horloges.

Ils parlèrent d'abord de la pluie et du beau temps, du quartier. Tâtant le terrain, s'apprivoisant. Se jaugeant peut-être aussi.

– Et quel métier exercez-vous ? demanda ensuite Gustave, scrutant intensément les yeux de Lise pour essayer de deviner, à leur couleur, son état d'esprit.

– Professeure d'allemand. Au lycée voisin.

Ils étaient impénétrables. Gris porte de garage, en somme. Et fermée, la porte.

– Ah, l'allemand! On dit que c'est une langue…

– Gutturale, je sais. Mais c'est un faux procès. Tous ces films de guerre…

– Où les ordres sont hurlés, compléta avec justesse Gustave, à la grande surprise de Lise.

Celle-ci se leva d'un bloc et se dirigea vers la bibliothèque la plus éloignée. Pour en revenir avec un recueil de Robert Walser, dont elle lut un poème pour achever de convaincre Gustave, si besoin était.

– Très mélodieux, apprécia ce dernier. Et joliment rythmé: on dirait une vague qui ondule.

– Tout à fait, commenta Lise. Vous avez de l'oreille.

Jeanne se rengorgeait, de contentement et d'admiration. La glace était brisée.

– Et vous, s'enquit Lise, que faisiez-vous?

– J'étais ophtalmologue.

Ce qui expliquait son regard perçant, songea Lise. Un ophtalmologue… Devait-elle lui parler de ses étranges visions? Pas devant sa mère, en tout cas. Pas question de l'alarmer. Il faudrait coincer le vieil homme entre deux portes. Le kidnapper le temps d'une courte discussion, lui faire jurer de ne rien dire. Lise était revenue sur sa décision de ne consulter aucun spécialiste: le phénomène s'accentuait, peut-être fallait-il éliminer une cause physique. Et si elle donnait juste un coup d'épée dans l'eau? On verrait bien.

Ce fut au tour d'Agathe de rentrer. La description de Jeanne était fidèle, trouva Gustave. Une petite souris discrète… D'un coup d'œil, elle embrassa la situation et comprit. Elle ne dit pas grand-chose mais hocha la tête, et le sourire éclatant qui illumina son visage et la métamorphosa parlait pour elle.

Agathe faisait des études de commerce. Si elle s'était écoutée, elle aurait choisi les lettres, hypokhâgne sans doute, mais elle avait suivi l'avis de sa mère et de la conseillère d'orientation, qui la poussaient à s'investir dans la filière reine des élèves bons en tout. Des cours qu'elle suivait sans intérêt véritable mais en engrangeant les félicitations, car quand elle entreprenait quelque chose, elle se donnait à fond. Elle savait qu'elle aurait en sortant de l'université un emploi garanti et stable : une perspective qui ne lui faisait ni chaud ni froid. Elle ne vibrait que pour la littérature. Et il n'y avait là-dedans rien de garanti ni de stable.

Son reflet dans la glace

La stabilité? Elle fuyait *molto vivace* la vie de Lise, qui évoluait en terrain mouvant. Anne Roumanoff la squattait. Imposait son reflet dans la glace. Que lui voulait-elle? Cherchait-elle à lui délivrer un message? Un jour qu'elle était dans la peau d'Anne, obéissant à une impulsion, Lise approcha sa tête de la petite armoire de la salle de bains et appuya son visage contre la vitre. Il lui sembla entendre un murmure: « Mets du rouge… Mets du rouge… » C'était déstabilisant, mais pas plus que la transformation radicale qu'elle subissait régulièrement.

Pourquoi ne pas essayer, après tout? Qu'avait-elle à perdre? Elle acheta une robe, un chemisier, un pantalon et une jupe rouges dans la boutique la plus proche; la vendeuse lui assura que la teinte lui flattait le teint.

Lorsqu'elle revint avec son grand sac, Jeanne et Agathe manifestèrent un étonnement discret car Lise n'avait plus fait de shopping depuis une éternité. Mais elles ne demandèrent rien, et Lise ne montra pas ses trouvailles.

Le lendemain, leur surprise fut donc de taille lorsque Lise déboula dans le salon en robe rouge. Si la coupe était sobre, la couleur éclatante colorait ses joues, faisait briller ses yeux. Elle se tenait plus droite également.

Les élèves de Lise aussi remarquèrent le changement. Un murmure parcourut la salle lorsqu'elle y fit son entrée. Elle réussit à obtenir un certain silence, à leur faire décliner quelques substantifs. Et suscita même un brin d'attention quand elle leur parla du mouvement Sturm und Drang et des *Souffrances du jeune Werther*. Petite victoire.

En rouge, Lise se rendit compte qu'elle gagnait en assurance. Ne sachant pas combien de temps ça durerait, elle en profita pour résilier les abonnements de quelques journaux et magazines qu'elle ne lisait plus, aller voir son conseiller financier pour fermer deux assurances-vie qui ne lui rapportaient rien, et expliquer enfin au patron du restaurant chinois que non, elle ne voulait pas de sauce piquante. Parce qu'elle n'aimait pas ça.

Avec l'argent économisé, elle s'inscrivit, à sa grande surprise, dans un atelier de mosaïque.

Anne Roumanoff déteignait sur Lise. Celle-ci pensait désormais que le rouge était aussi la couleur de la pulsion de vie, de l'énergie. De l'audace et de la passion. Un sentiment qui avait déserté sa vie depuis un bon moment : passion de l'enseignement, passion amoureuse.

Elle faisait également des rêves singuliers depuis qu'elle investissait l'enveloppe d'Anne (car elle l'appelait Anne : elles avaient gagné en familiarité). Elle y croquait dans des pommes d'api, enfilait des toges vermillon et discourait devant des assemblées nourries, tartinait des toiles de rouge écarlate, à grands coups de pinceaux nerveux, se baignait dans des eaux sanguines, dégustait des tartines enduites de confiture de groseille. Bref, le rouge débordait de partout, dans sa vie diurne et nocturne.

Lise notait aussi qu'elle devenait sensible au moindre détail, ses sens comme affûtés, et que sa voix acquérait une tessiture plus grave. Bec sucré, elle était devenue bec salé. Éprouvait-elle de la peur ? Un peu. Mais sa grande curiosité intellectuelle lui faisait maintenant appréhender la chose avec l'attention d'un scientifique observant un insecte épinglé sur sa planche.

Un petit air mutin

– Elles te mangent le visage… Celles-ci te donnent l'air triste… Et celles-là l'air fatigué, elles accusent tes traits.

– On n'y arrivera jamais, soupira Jeanne, découragée.

– Mais si. Un peu de patience !

Jeanne se sentait perdue dans la boutique, il y avait beaucoup trop de choix. Et puis, elle n'avait pas envie d'être là. Elle était allée chez l'ophtalmologue pour faire plaisir à Gustave, comptait garder l'ordonnance bien au chaud, au fond de son sac. Mais il lui avait fait la surprise de l'emmener chez l'opticien. Et elle avait capitulé devant sa tendre détermination.

À présent que Gustave avait pris le contrôle des opérations, le vendeur, cheveux gominés, cravate bariolée, avait fait un pas en arrière, reconnaissant le spécialiste à ses remarques avisées. Les mains dans le dos, il observait. Se permettait juste un léger commentaire de temps en temps.

– Et voilà, des lunettes papillon ! fit Gustave en glissant les branches derrière ses oreilles. Avec, on dirait que tes yeux s'envolent.

Même Jeanne, approchant le visage du miroir, dut admettre que la monture vieux rose lui donnait bonne mine. Un petit air mutin, presque coquin.

– On va pouvoir aller manger dans n'importe quel restaurant, se réjouit Gustave.

Tu te souviens...

– Tu te souviens, mamie, l'époque où tu cultivais les trèfles à quatre feuilles ?

– Non, dis-moi !

– Enfant déjà, quand tu sortais, il te suffisait de baisser les yeux pour en découvrir un à tes pieds. Tu les cueillais et les mettais à sécher entre les pages d'un livre ; d'ailleurs, il m'arrive régulièrement d'en trouver au détour d'un de tes recueils de poésie, d'un roman...

– Moi aussi, tiens.

– Un peu gênée d'être aussi vernie, tu te demandais à quoi rimait toute cette chance. Tu ne savais plus trop quoi faire de ces messagers porte-bonheur, tu en offrais à tour de bras ! On te regardait avec des yeux comme des soucoupes, on t'enviait. Alors tu as commencé à te sentir coupable.

– Drôle d'idée...

– Jusqu'au jour où, devant tant d'injustice, tu t'es dit que tout le monde devait pouvoir se sentir un peu privilégié à un moment donné, un peu exceptionnel. Que tout le monde avait droit à son instant de gloire, même minuscule.

– Je suis toujours d'accord avec ça.

– Et c'est là que tu as décidé de devenir cultivatrice de trèfles à quatre feuilles. Tu vendais des carrés de gazon avec, caché dedans, un trèfle magique. Férue d'horticulture, tu avais mis au point un système de multiplication par bouturage, pour en produire à coup sûr. On doit encore avoir le brevet quelque part. Mais ce n'est qu'une des nombreuses activités que tu as exercées, ma Nanou.

(Petit arrangement d'Agathe avec la réalité : Jeanne avait effectivement toujours eu le don de tomber, sans le vouloir, sur les trèfles à quatre feuilles.)

– Raconte encore, Agathe. J'aime quand tu racontes.

Les tartines beurrées

Jeanne se souvenait de tout…

Les chutes spectaculaires à vélo, la crème contre les bleus, les sparadraps avec un dessin dessus.
Agathe venant la trouver la première fois qu'elle avait eu ses règles.
Les nœuds dans les cheveux qu'il fallait domestiquer: elle donnait cent coups de brosse comme dans les contes.
Les contes, justement, qu'elle lui lisait en changeant de voix pour les différents personnages.
Les confidences d'enfant autour du chocolat du goûter, bien corsé en sucre.
Les tartines beurrées avec de la cassonade dessus, ou du chocolat en poudre.
Les leçons qu'elle faisait réciter.
Les lignes d'écriture sur les cahiers à grands carreaux.
Les repas du dimanche, l'impatience de l'enfant assis trop longtemps à table.
Les joues rouges après les balades en forêt.
Les pique-niques avec le grand plaid qui boulochait.

Les câlins interminables.
Les « à dada » sur les genoux.
Les chatouilles qui les faisaient rire toutes les deux.
Les sirops de grenadine.
Les pâtes à la sauce tomate et au gruyère,
les grands *slurp*.
Les dessins animés, assis par terre, trop près de la télé.
Les crêpes qui retombaient à cheval sur la poêle.
Les nattes jamais assez serrées.
Les chignons qui transformaient la petite fille
en jeune fille.
Les petits pieds malhabiles dans les chaussures
à talons d'adulte.
Le rouge à lèvres qui débordait, appliqué d'une main
pressée.
Les poussées de croissance, les petits traits
dans l'embrasure de la porte.

Voir pousser des fleurs spontanées

Gaston avait bien essayé de la retenir. De l'empêcher de partir. Mais en réalité, elle était déjà loin, très loin. Dans sa tête.

Il l'avait suppliée. Elle sentait encore sa main sur son épaule, comme les griffes d'une bête paniquée. Elle avait fait un mouvement brusque pour se dégager, et perdu l'équilibre. Raté la marche.

Gaston était venu la voir à l'hôpital, puis chez Lise et Agathe qui l'avaient accueillie. Recueillie comme un oisillon tombé du nid. Ce devait être provisoire, mais Jeanne ne voulait plus avoir affaire à ce malfaisant à qui elle avait trop donné. Elle simulait des attaques de panique quand il se présentait. Se tordait les mains, poussait des gémissements en demandant qui était l'inconnu. Puis elle avait cessé, remarquant à quel point cela impressionnait Agathe et pesait sur Lise.

Elle s'était donc calmée, et lors d'une nouvelle visite, la trouvant à peu près sereine, Gaston avait tenté prudemment, en triturant sa casquette : « Tu te souviens de moi ? Comment je m'appelle ? » Et elle avait répondu, hésitante, presque timide : « … Léon ? »

Le sang avait quitté le visage de Gaston. Il n'était plus revenu depuis. Fier comme un coq, le bougre.

Jeanne pensait qu'Agathe et Lise le voyaient, sans lui en parler ensuite. Elle ne pouvait pas dire « en cachette »: c'était aussi le grand-père de l'une et le père de l'autre, après tout. Elles avaient des droits. Et il ne leur avait rien fait, à elles.

Jeanne avait hérité de la chambre d'Agathe qui dormait maintenant sur le clic-clac du salon. Heureusement, celle-ci avait sa propre chambre à La Bicoque, aménagée sous les combles, Jeanne y avait tenu. Elle y passait un temps considérable, disparaissant parfois entre le petit déjeuner et le déjeuner. Quand il faisait beau, Jeanne s'égosillait en direction de la fenêtre sous le toit: « Agathe, descends! Viens profiter du bon air et te crotter un peu les bottes! » Et la jeune femme s'exécutait la plupart du temps, un petit air de réticence au visage, un bouquin à la main. Incorrigible.

Époustouflant, le nombre de livres qu'elle pouvait engloutir en l'espace d'un week-end. Elle en emportait souvent quatre ou cinq, qui ne suffisaient pas toujours. Cela expliquait le temps passé sous les combles, mais Jeanne aurait aimé qu'elle savoure davantage – enfin, autrement – leur escapade en banlieue. Le jardin et sa tonnelle. Ses petits sentiers de gravier entre les touffes d'herbe, entre les buissons et les massifs de fleurs. La balançoire propice aux rêveries. Le minuscule bassin aux nénuphars.

Il y avait toute une zone de pelouse que Jeanne avait entrepris de transformer en prairie fleurie. Elle avait vu la chose à la télé et n'en démordait pas, malgré les moues dubitatives de Lise. Il ne suffisait pas d'acheter quelques sachets de graines de fleurs des champs et de les semer au jugé pour obtenir un résultat digne de Mère Nature: il fallait commencer par ameublir le sol, puis briser les mottes. Ensuite, on achevait de préparer la terre en ratissant la parcelle à semer. Le terrain avait tout du mouchoir de poche, mais Jeanne s'accrochait à son rêve.

Elle avait fait appel à un jardinier pour le gros œuvre, l'arthrose raidissait et endolorissait ses poignets et ses genoux, mais elle voulait absolument être celle qui répartirait les graines à la volée. Elle se réjouissait d'offrir le gîte et le couvert aux oiseaux, aux insectes. Et avait fait valoir à Lise, qui continuait de ronchonner, que sa prairie ne réclamerait pas d'arrosage, même au plus fort de l'été. Il faudrait juste la faire faucher deux fois par an, et le reste du temps, ce ne serait que plaisir des yeux. Tout bénéfice.

Jeanne, dans son excitation, avait parlé de graminées, d'achillée, d'ancolie, de lupin et de sainfoin ; d'espèces indigènes, des fleurs spontanées qu'elle laisserait pousser… Agathe, elle, avait trouvé le projet poétique. Elle prenait systématiquement la défense de sa grand-mère, de ses idées sérieuses comme de ses lubies – ainsi, son vote avait été décisif lorsqu'il avait été question de garder Schopenhauer, Lise refusant d'abriter une ménagerie. Jeanne se demandait ce que ça signifiait. Agathe favorisait-elle son aïeule, ou s'opposait-elle à sa mère ? L'adolescence aurait dû prendre la poudre d'escampette depuis longtemps, non ?

Une enfance de pain perdu

Gustave disait avoir eu une enfance dorée à l'or fin. Au vert, comme Jeanne, père médecin de campagne et mère commerçante. Une enfance de pot-au-feu avec os à moelle mijoté sur un coin de fourneau, de pain perdu, de belles flambées quand le froid mordait, de vignettes collectionnées, d'arbres escaladés. De jeux simples aussi : colin-maillard, un chaton et une ficelle, la balle au prisonnier, cache-cache, chat perché, main chaude, les petites voitures en métal, les parties de cartes sans fin…

Il avait également raconté les filles qu'on faisait enrager en leur tirant les nattes, le sarrau bleu, les culottes courtes usées sur les bancs en bois, les récrés échevelées qui ne duraient jamais assez longtemps, le rabe à la cantine, le regard qui se perdait par la fenêtre pendant qu'on ânonnait les tables de multiplication, les bons points, la fierté de ses parents devant son premier prix de récitation qu'ils avaient encadré, puis accroché dans le salon.

Il avait relaté à Jeanne sa découverte du *Grand Meaulnes*, l'émotion intacte chaque fois qu'il le rouvrait, qu'il redécouvrait « le pays perdu ». Mais aussi les coups de règle sur les doigts, la mise au coin, le bonnet d'âne. D'un optimisme sans bornes, Gustave avait tout transformé en bons souvenirs. Rien d'étonnant pour Jeanne : il avait les dents du bonheur.

Sa vocation ? Il l'avait connue jeune, et la devait à un camarade de classe aveugle à qui il faisait répéter ses leçons. Quelle injustice de ne pas voir ! De ne pas pouvoir goûter la beauté ! La beauté des filles, la beauté des œuvres d'art dans les musées, d'une feuille qui tombe lentement au sol, d'un sourire hésitant, d'un regard pur et droit. Plus tard, de deux jambes gainées de soie qui se croisent. D'un grain de beauté au coin de la bouche. D'un rouge à lèvres couleur baiser. Il s'était juré de trouver, adulte, un moyen de guérir la cécité. Et de faire advenir la paix dans le monde.

Il avait eu les ambitions de sa jeunesse, la réalité et ses études d'ophtalmologie l'avaient rattrapé.

Un examen scrupuleux

Gustave avait conservé tout son matériel professionnel chez lui, dans des cartons. Tandis qu'il le déballait soigneusement, Lise fit des yeux le tour du propriétaire, curieuse comme une pie. Elle voulait savoir à qui elle avait affaire, se sentait le devoir de protéger sa mère même si Gustave ne lui paraissait pas représenter un risque colossal. Sauf s'il lui brisait le cœur, évidemment. Se remettait-on d'une rupture, à quatre-vingts ans ?

Le salon du trois-pièces au dernier étage d'un immeuble bourgeois était meublé et décoré avec goût, on notait la patte d'une femme dans le choix des tableaux, des bibelots. C'était confortable, et coquet. Un peu trop bien rangé, et pas un grain de poussière. Peut-être le fruit du veuvage de Gustave ? Une façon de faire vivre le souvenir de son épouse ? Certains hommes se laissaient aller, d'autres au contraire développaient une passion pour le chiffon. Et l'ordre les rassurait.

Il y avait sur la longue enfilade en bois blond une collection de poudriers anciens. À côté, deux sulfures, et de jolies boîtes en papier mâché. Tous ces vestiges d'une présence féminine cohabitaient en bonne intelligence.

– Asseyez-vous, je vous en prie.

Lise s'exécuta et Gustave, qui avait installé son matériel sur la table ronde, s'assit en face d'elle, tout près. Elle sentait son souffle régulier sur sa joue. Il l'examina longuement, scrupuleusement. Lâchant de temps à autre un petit : « Mmmh… » Puis il se redressa et la considéra avec sympathie.

– Alors ? fit Lise, n'y tenant plus.

– Vous n'avez aucun problème ophtalmologique. Je ne décèle aucune lésion, aucune hémorragie, la tension oculaire est bonne, à peu près égale dans les deux yeux. Le cristallin n'est pas opacifié non plus. Il y a une presbytie installée, bien sûr, mais c'est le lot de chacun à partir d'un certain âge.

– D'accord…

– Je ne sais pas si cette absence de pathologie est rassurante pour autant… Elles durent depuis longtemps, ces visions ?

– Six mois environ.

– Et rien n'a changé dans votre vie, dernièrement ?

Eh bien si. Elle n'avait plus ses règles depuis une année bien tassée. Autant dire qu'elle était entrée dans la ménopause. Pourtant, elle se refusait à prononcer le mot tout haut. Elle le trouvait vulgaire. Trop définitif. Car, qu'y avait-il après ?

– Rien de spécial, non, mentit-elle. Je mène une vie très régulière.

– On ne peut pas… écarter le trouble psychosomatique, alors, avança Gustave avec prudence, sentant qu'ils évoluaient en terrain glissant.

– On ne peut pas, non. Merci de m'avoir reçue chez vous. Merci pour l'examen. Dites…

– Oui ?

– On est bien d'accord, vous ne dites rien à ma mère ?

– On est bien d'accord.

Depuis sa vigie

La Bicoque se dressait dans un quartier de retraités, mais Agathe s'en fichait, ou plutôt, ça l'arrangeait car elle jouissait d'une tranquillité presque absolue – sauf quand René d'en face tondait sa pelouse, puis passait son grand terrain au coupe-bordure. Il s'investissait avec une minutie extrême et ça pouvait durer des heures. Agathe ne comprenait pas qu'on ait tout son temps et qu'on choisisse de sortir sa tondeuse le dimanche.

Le dimanche était conçu pour tout autre chose : lire un bon roman ou de la poésie, écrire, paresser dans le canapé, dessiner, regarder un film à la télé, s'adonner à la rêverie. Impossible d'admirer les nuages dans le ciel, le mouvement et le bruissement des feuilles agitées par le vent, allongée dans l'herbe, quand quelqu'un s'acharnait sur sa pelouse.

En parlant de bruit, on venait justement de sonner à leur porte. Elles avaient un joli carillon qui annonçait sans broncher les bonnes comme les mauvaises visites.

Curieuse comme un chat, Agathe ouvrit sa fenêtre sans bruit et se pencha au-dessus du toit en pente. Qui venait là ? Raymond, le voisin de gauche. Bedonnant et rougeaud, il avait des vues sur Jeanne, on ne pouvait s'y méprendre. Il apportait tantôt une boîte de chocolats, tantôt un bouquet de fleurs. Agathe, qui savait que

Jeanne le trouvait importun, courba un peu plus le haut du corps pour guetter la conversation.

– Bonjour Raymond.

– Bonjour ma chère Jeanne. Belle journée, n'est-ce pas?

– Quel bon vent vous amène? demanda Jeanne un peu hypocritement.

– La douce brise des roses, répondit Raymond en brandissant le bouquet qu'il avait caché derrière son dos.

Jeanne ne tendit pas la main, ne huma pas les fleurs, mais prit une profonde inspiration:

– Écoutez Raymond, il faut que je vous fasse un aveu.

– Oui? fit l'homme en émoi, s'avançant vers elle.

– Je n'aime pas qu'on coupe les fleurs, puis qu'on les emprisonne dans un vase.

– Oh, lâcha Raymond, cramoisi.

– Je préfère qu'on les laisse vivre en liberté, vous voyez?

– Ma foi…

Et Jeanne d'asséner le coup de grâce:

– Vous aimeriez que je vous apporte un animal mort en cadeau? Pour moi ça revient au même.

Agathe, depuis son poste d'observation, mit la main devant la bouche pour ne pas exploser de rire.

La réplique de Jeanne laissa Raymond sans voix. Il put juste bredouiller un « R'voir » catastrophé et repartit d'un pas penaud, le bouquet pendant au bout de son bras. Jeanne poussa un soupir de soulagement – en attendant la prochaine offensive – et referma la porte d'entrée.

Agathe réintégra sa vigie. Elle savait déjà qu'elle utiliserait un jour ce dialogue. Elle notait tout, retenait tout. Elle se demandait si tous les écrivains tendaient l'oreille comme elle, ouvraient grand les yeux, espionnaient en somme avant d'employer pour leur propre compte les mots d'autrui, les situations rencontrées par des proches ou des inconnus.

Elle se sentait parfois dans la peau d'un vampire, buvant la vie des autres, la pillant, mais le plaisir d'écrire prenait toujours le pas, finalement, sur ses scrupules naissants. De toute façon, elle avait essayé d'arrêter mais était incapable de faire autrement. Elle raffolait, par exemple, des cadavres exquis qu'elle composait à partir de paroles entendues dans le métro – discussions, complaintes des SDF, paroles d'enfants, bouts de conversation au téléphone : *« Mesdames messieurs je sais qu'on vous sollicite toute la journée il faut faire plus de marge donne-moi la main Pierrot les feuilles mortes se ramassent à la pelle Réaumur Réaumur je ne peux pas te laisser dire ça il est joli ton blush tu l'as trouvé où c'est un bug informatique pour la musique s'il vous plaît. »*

Une petite idée derrière la tête

– J'ai un credo en littérature, tu veux l'entendre ? demanda Jeanne.

– Et comment ! s'exclama Agathe.

– On ne peut pas accorder foi à tout ce qu'on lit dans les journaux ou sur Internet. Ni donner du crédit à tout ce qu'on entend autour de soi…

– Bien d'accord avec toi, commenta la jeune femme.

– Mais en matière de fiction, l'écrivain doit croire farouchement à ce qu'il écrit : alors, le lecteur met son incrédulité de côté et accepte le voyage.

– C'est marrant : la suspension de l'incrédulité dont tu parles, figure-toi que c'est une théorie défendue par un certain Coleridge.

– Tu me l'apprends !

– Ma Nanou, tu es comme M. Jourdain qui fait de la prose sans le savoir, sourit Agathe.

– Tu vois, même si on n'a jamais mis les pieds dans la jungle, il faut savoir y emmener son lecteur.

– Tu prêches une convaincue…

– Certains auteurs ne sont pas prêts à défendre férocement leurs idées, à soutenir leurs personnages avec obstination, et je le sens quand je les lis. Ceux-là ne m'emportent pas. Je reste sur place, les fesses calées sur mon siège.

– J'ai déjà vécu ça, confirma Agathe. On garde les pieds sur terre, l'émotion ne surgit pas, et c'est dommage.

– Bon, et maintenant, tu m'en dis plus sur ce… Porridge ?

– Coleridge.

À quatre-vingts ans, Jeanne avait toujours soif de savoir.

Et une petite idée derrière la tête.

Agathe vivotait, mais un feu ardent couvait sous la braise. Et Jeanne s'était donné pour mission de le raviver. Elle rougit en repensant au jour où elle s'était faufilée dans la chambre d'Agathe, au dernier étage de La Bicoque, pour en avoir le cœur net. La jeune femme y passait tellement de temps qu'elle se demandait ce qu'elle y fabriquait. « La curiosité est un vilain défaut », répétait sa propre mère, mais il arrivait que les vilains défauts accouchent de choses positives. Lise et Agathe étaient allées assister à l'une des parties de pétanque opposant régulièrement les culs-terreux aux culs-pincés (les Parisiens), elle avait prétexté une fatigue passagère, l'envie de rester au chaud. En farfouillant, elle avait trouvé ce qu'elle cherchait. Le tiroir du secrétaire coinçait quand on tirait dessus, il fallait donner des petits coups à gauche et à droite pour le sortir de son logement. Dedans, des liasses de feuilles. Couvertes de l'écriture précise d'Agathe.

Jeanne s'était assise sur le lit pour lire quelques pages. Un journal intime ? Que nenni ! De la fiction.

Désormais, la vieille dame n'allait plus à la brasserie uniquement pour retrouver Gustave : elle se sentait investie d'une mission. La cueillette de l'après-midi était exceptionnelle – un serveur avait laissé tomber avec fracas un plateau chargé de boissons, un couple s'était bruyamment fâché, un autre formé. Agathe, à qui elle le raconterait, aurait du grain à moudre pour son tiroir secret…

Gustave, mis dans la confidence, tenait à aider. C'était lui qui avait entendu parler de Coleridge. Il écoutait la radio toute la journée et prenait des notes sur des bouts de papier, des miscellanées qu'il glissait dans la main de Jeanne, avec une mine de chat devant une jatte de crème. Une des dernières en date avançait que, pour apprendre à connaître un pays étranger, il fallait aller au café, au marché et au musée.

Un art millénaire

Au début, les tesselles lui échappaient, rebondissaient, atterrissaient sur le sol en béton ciré, mais au bout de plusieurs semaines de pratique, elle avait le geste plus précis, plus sûr. L'enduit qui lui collait aux mains lui rappelait la peinture au doigt, enfant. Délicieusement régressif… Elle avait choisi la pâte de verre, moins impressionnante à ses yeux que le marbre, plus ludique que le grès, la céramique ou l'émail, dont les cubes et les parallélépipèdes de petite taille débordaient de casiers en bois posés et empilés un peu partout. Elle avait envie que la lumière se prenne dans sa création, joue avec ses couleurs, lui donne du rythme.

Après un bref cours théorique, Lise avait reporté son dessin sur le support avec l'aide du professeur. Cela lui plaisait de savoir qu'elle pratiquait un art millénaire. Il lui prenait des rêveries de Rome antique, elle partait pour Herculanum, Pompéi… C'était comme apprendre un nouveau langage. La concentration rappelait celle nécessaire à la reconstitution d'un puzzle. Les doigts menaient la danse, on se lavait la tête. La respiration devenait plus profonde, plus ample.

L'atmosphère à l'atelier était joyeuse et foutraque. On s'interpellait, on chantait de temps en temps, on se lançait en toute décontraction les fragments de pierre ou de verre. Les autres avaient choisi de réaliser une frise ou un motif. Elle était la seule, parmi les débutants, à avoir décidé de se lancer dans une représentation figurative. Pas grave, elle aimait les défis! Il y aurait complexité: son dessin présentant des arrondis, il faudrait qu'elle retaille certaines petites pièces à la pince Zag-Zag, plus précise que la japonaise.

Elle avait sa place attitrée à la longue table en bois; son jour de prédilection, le mercredi – elle ne donnait pas cours l'après-midi. Ses voisines avaient choisi les cassons, ces morceaux de carrelage cassé, mais elle les trouvait peu agréables aux doigts.

Georges Archambault, le professeur, était un candide. Un barbu rêveur aux cheveux bruns mêlés de fils blancs, si longs qu'il marcherait sans doute dessus un jour. Les yeux toujours surpris derrière ses petites lunettes rondes, il portait des tuniques en lin ou peut-être en chanvre – Lise n'était pas spécialiste –, et des sandales en cuir fatiguées découvrant ses orteils poilus, même en hiver. Bref, le parfait cliché du baba cool attardé, qui voulait qu'on l'appelle « Jo », vous imposait la bise ou vous serrait contre lui avec exaltation quand vous entriez.

Plutôt que de se lancer dans de longs discours, il vous montrait comment faire, patient jusqu'au bout des ongles. Lise n'aimait pas trop qu'il se poste derrière elle: un jour il sentait la transpiration, l'autre le musc ou le patchouli. Il agressait ses narines sensibles, mais lui demeurait très sympathique.

Avec son seul nom et son apparence décalée, Lise imaginait le fils de bonne famille toujours en rébellion contre les siens malgré sa cinquantaine. Né avec une petite cuillère en argent dans la bouche, il avait probablement grandi dans une demeure pleine de courants d'air, élevé par une nourrice accorte pour laquelle il avait développé une affection immodérée, puis des pensées coupables.

Lise s'amusait de divaguer ainsi, laissait courir.

Le doigt du cœur

– Tu es toujours mariée à Gaston ?

La surprise figeait les traits de Gustave, qui avait gardé le genou à terre. Jeanne le trouvait craquant avec son costume gris impeccable et ses gants blancs. Touchant d'avoir voulu respecter le décorum, coûte que coûte. Malgré l'arthrose qui ankylosait ses articulations.

Et cette bague dans son écrin… Ancienne, elle avait l'air magnifique, mais Jeanne s'interdisait de la contempler. Elle n'en avait pas le droit – malgré son envie folle que Gustave la passe à son annulaire, le doigt du cœur.

Elle lui devait d'abord des explications. Elle avait assez tardé. Tout comme avaient assez duré ses liens contractuels avec Gaston. Elle s'était rendue coupable d'une négligence : laisser filer le temps.

Oublier la couleur de ses yeux ? Amère cerise d'une vie commune ratée… Jeanne prit une profonde inspiration et entreprit de compter sur ses doigts.

– Très tôt, Gaston s'est mis à courir le jupon. Un sport qu'il n'a jamais abandonné, même après que j'ai découvert le pot aux roses. Il s'attardait chez les voisines en allant distribuer le lait. En l'absence de leurs époux, bien sûr. Il y a un moment où j'ai cessé de compter les coups de canif dans notre contrat de mariage…

– Je suis désolé pour toi, ma Jeanne.

– Porté sur la boisson, il buvait de la piquette, même pendant les foins. Un jour de l'été 1979, c'étaient les grosses chaleurs, il avait tellement bu qu'il ne tenait même plus debout. J'ai dû le remplacer à la fourche…

Jeanne hoqueta, le regard chaviré. Gustave lui prit la main, et d'une voix douce :

– Tu n'es pas obligée de continuer si c'est trop pénible.

– Si, je veux que tu saches. J'étais enceinte et j'ai fait une fausse couche. À quatre mois de grossesse. J'ignore si c'est à cause de ça, mais je n'ai jamais pu m'ôter cette idée de la tête. Il se serait appelé Jacques, elle se serait appelée Rose.

Jeanne s'était mise à pleurer en prononçant ces mots. Gustave sortit de sa poche un mouchoir rayé qu'il lui tendit.

– Maintenant que tu m'as raconté tout ça, le plus important à mes yeux, ce n'est pas que tu divorces.

– Quoi ?! Je ne comprends pas…

– Il faut que tu lui pardonnes, pour avancer. La Jeanne que j'aime n'est pas rancunière.

– Tu crois ?

– J'en suis persuadé. Le ressentiment empoisonne plus sûrement que du cyanure.

Une pelote de fil d'or

Pour Agathe, c'était le rire, provoqué par les propos qu'on voulait drôles, qui consacrait la plaisanterie. Sans rieur, pas d'humour possible : l'intention seule ne suffisait pas. Devait-elle en déduire que le lecteur faisait l'auteur ? Fallait-il, pour devenir écrivain, qu'un œil extérieur découvre le texte engendré par votre esprit ?

Agathe n'avait jamais abordé la question avec personne, mais elle jugeait évident qu'Adeline l'avait adoubée. En lui prêtant l'oreille chaque semaine, Adeline permettait à ses histoires de prendre le large. Sans elle, elles seraient restées confinées dans la chambre sous les combles, tout en haut de La Bicoque. La jeune fille avait-elle conscience des cadeaux répétés qu'elle lui faisait ? Agathe l'ignorait, mais à la fin de chaque séance de lecture, c'était elle qu'on remerciait alors qu'une reconnaissance éperdue lui brûlait les lèvres. Prise à son propre piège, tenue de se cantonner au rôle de lectrice de textes qu'elle attribuait à X ou Y, elle se résignait à serrer simplement la main d'Adeline, souriante, espérant que la chaleur de ce sourire gagne sa paume.

Chose étonnante, Adeline permettait aussi à Agathe de s'incarner, comme si les particules disséminées qui la constituaient se rassemblaient chaque mercredi, venaient se concentrer en un point unique, presque localisable. Agathe se sentait en effet plus dense depuis qu'Adeline lui donnait de son temps.

L'enveloppe physique qui l'embarrassait se faisait alors moins sèche, moins rébarbative à ses yeux. Agathe se disait que les vibrations produites par sa voix modelaient sa chair de l'intérieur, lissant les aspérités, lui conférant d'aimables rondeurs. L'hypothèse incongrue lui plaisait, et elle imaginait, amusée, que son corps finirait par abriter un canapé accueillant. Un sofa rouge garni d'une montagne de coussins dans lequel elle pourrait rêver, paresser, se réfugier les jours chiffons.

Contre toute attente, depuis quelques semaines, les effets bienfaisants de sa lecture perduraient un moment après les séances à l'association.

La fois précédente, Adeline et Agathe avaient partagé un moment suspendu.

– Sûre ?

– Oui.

– Ferme les yeux… Il y a des gens que ça dérange, qui le vivent comme une effraction. C'est pour ça que je ne te l'ai pas demandé plus tôt.

Et Adeline s'était mise à effleurer le visage d'Agathe : nez fin et droit, front bombé, pommettes hautes, lèvres étrangement charnues dans ce visage étroit.

– J'ai les yeux verts et les cheveux châtains. La peau très claire, et des taches de rousseur, avait précisé Agathe.

– Merci. Et toi, que vois-tu ?

– Une jeune fille pleine de promesses. Élancée, avec de longs doigts fuselés qui doivent faire chanter le piano. Une lourde chevelure brune, tressée. Une bouche bien dessinée, des yeux en amande. Des traits réguliers, une expression franche et volontaire.

Les mots venaient avec une telle fluidité, un tel naturel qu'Agathe se demandait parfois si son histoire n'avait pas déjà été écrite. Faisait-elle œuvre de plagiat ? Ces mots appartenaient forcément à quelqu'un, elle n'avait pas le droit de s'en emparer.

D'autres jours, oubliant son sentiment d'imposture, elle se disait que, non, le récit était juste là, tapi bien au chaud, attendant qu'on le raconte. Les nains du conte avaient déposé ce trésor au pied de l'arc-en-ciel, à son intention. C'était une pelote de fil, un fil d'or qu'il lui appartenait de dévider et qui, magie des choses, avait la particularité de se tisser ensuite de lui-même, ou presque – pour peu qu'on soit attentif à sa petite musique.

Pianiste chevronnée, Adeline était sensible à cette mélodie. Il lui arrivait de dodeliner de la tête, voire de battre doucement la mesure sur sa cuisse.

Le petit banc en pierre moussu

Pouvait-on s'éprendre d'une maison ? Les yeux de Gustave s'écarquillèrent dès qu'il poussa le portail en fer ajouré. Pierre meulière d'un bel ocre jaune, joliment trouée, façade mangée de lierre, volets verts, toit en tuiles, épis de faîtage en terre cuite… Il s'en dégageait une impression de sérénité, et Gustave eut la sensation de se retrouver face à une grande dame que l'âge n'aurait pas privée de sa coquetterie.

– Je suis conquis, fit-il enfin en se tournant vers Jeanne qui attendait son verdict.

Elle rougit, comme s'il venait de parler d'elle. Mais peut-être était-ce aussi le cas.

Comme tous les êtres amoureux, le vieil homme n'avait vu que les qualités, pas les défauts : les gonds rouillés du portail, la peinture qui s'écaillait sur les volets et surtout, surtout, les tuiles cassées qui laissaient passer l'eau les jours de pluie battante.

Ils entrèrent, poussant la porte en bois qui renâclait toujours un peu. Le couloir peint d'un bleu profond sentait bon l'encaustique, Jeanne venait de briquer le coffre en chêne de Double-Mémé Odette. À côté s'entassaient des paniers en osier tressé de toutes les formes, non loin se dressait une imposante gerbe d'épis de blé. Au mur, toute une enfilade de portraits qu'il n'eut pas le temps de détailler car Jeanne le prenait déjà par le coude pour l'emmener d'autorité dans le salon, qui faisait aussi office de salle à manger.

– Attends, je vais te préparer un bon chocolat, annonça-t-elle.

Elle disparut dans la cuisine attenante, et Gustave en profita pour explorer les lieux des yeux.

L'ameublement, hétéroclite, avait son charme. Derrière la table de ferme massive à laquelle il s'était installé, un buffet en bois clair dont les reliefs appelaient la caresse. Dessus, un long plat en céramique brune où s'ennuyaient trois pommes. Le plateau en verre de la table basse en rotin accueillait quelques livres reliés en cuir, à la tranche piquetée de brun. D'autres, uniquement des poches, s'empilaient sur des étagères, joyeux fourre-tout dans l'angle de la pièce. Devant la télévision dont Gustave doutait qu'elle serve beaucoup, un canapé râpé, en velours orange, envahi de coussins colorés.

Il aima moins les napperons très travaillés. Qui avait pu les crocheter avec une telle minutie ? Et ce fauteuil défoncé qui détonnait, dans un coin, appartenait-il à Gaston ? Dans ce cas, pourquoi ne pas s'en débarrasser ? Il devait rappeler de mauvais souvenirs à Jeanne…

Mais celle-ci revenait déjà, un bol fumant à la main.

– Tu n'en as pas fait pour toi ? s'étonna-t-il.

– Non. Il y a quelque chose que j'aime encore davantage que le chocolat…

– Ah bon ?

– Oui : te regarder en boire.

Gustave s'attendait à visiter la maison après avoir fini sa boisson, mais Jeanne lui fit signe de la suivre dans l'entrée, le geste impatient. Elle y enfila des bottes en caoutchouc jaune. Le dessus des pieds était orné de grenouilles vertes en relief et, remarquant le regard amusé de Gustave, elle précisa :

– Cadeau de Lise… Du temps où elle avait encore de l'humour.

Elle avait baissé la voix en prononçant ces derniers mots. Ensuite, passant son bras sous celui de Gustave, elle l'entraîna dans le jardin.

Son jardin. Tout ici portait sa touche. Chaque fleur, chaque arbuste avaient été choisis avec soin. Plantés puis arrosés et nourris d'une main aimante. Chaque graine semée comme on obéit aux caprices de la nature. Rien n'était droit et pourtant tout était à sa place. À commencer par l'impressionnante fresque de coquillages, étonnant ouvrage de patience.

Jeanne présenta le moindre brin d'herbe à Gustave, volubile comme il ne l'avait jamais connue. L'opulent Pierre de Ronsard, dont les roses faisaient sa fierté. Le bassin si riquiqui qu'elle ne pouvait pas y élever des carpes koï. Les sentiers de gravier où poussaient des fleurs de pissenlit trop jolies pour qu'on les arrache. Les parterres où cohabitaient saxifrage et *viola cornuta*. Le buisson d'hortensias bleus aux tiges dégarnies. Le potager, seul espace quadrillé avec rigueur. La petite prairie tout au fond, encore clairsemée. Cet été, il y aurait des coquelicots.

Puis ils restèrent assis sur le petit banc en pierre moussu. Longtemps. Écoutant les oiseaux, le vent dans les feuilles du saule pleureur. Regardant le temps passer, main dans la main. Gustave avait l'air sérieux et de larges moustaches de chocolat, mais Jeanne ne lui dit rien. Lorsque le crépuscule s'annonça, elle frissonna, ramena contre elle les bords de son gilet en laine.

– On rentre ? proposa Gustave avec un doux sourire.

– On rentre.

Pas de mots inutiles. Leur relation avait la simplicité enveloppante d'un feu de cheminée.

Un petit trou au pied du forsythia

La flamme s'élevait dans le jardin, drue. Jeanne lâcha le papier et l'allumette qui menaçaient de lui brûler les doigts. Une légère odeur de soufre flottait dans l'air frais du matin. Elle avait noté sur une feuille à carreaux d'écolière tous ses griefs contre Gaston. Le papier était bien rempli, elle ne s'était pas contentée de dresser une liste mais avait développé, ajouté des détails. Gustave avait dit qu'il fallait qu'elle pardonne à son mari, pour avancer. Il avait affirmé aussi qu'il valait mieux qu'elle soit seule pour accomplir ce geste. Elle était d'accord. Et avait quitté, avec des précautions de voleuse, le lit dans lequel il dormait à poings fermés.

Elle ignorait comment lui était venue cette idée, s'il l'avait tirée de son chapeau ou lue quelque part. Entendue à la radio qu'il écoutait religieusement chaque jour ? Peu importait. L'essentiel était que ça marche. Qu'elle ne traîne plus ce caillou dans sa chaussure.

Jeanne regarda son ressentiment partir en fumée. Elle avait un peu les yeux qui piquaient. Le papier ayant fini de se consumer, elle déclara tout haut : « Je te pardonne, Gaston », puis creusa un petit trou au pied du forsythia, où elle enterra les quelques cendres. Elles engraisseraient le sol – et transformeraient, espérait-elle, le mal en bien.

Mais pourrait-elle un jour se désembourber de son mensonge concernant Gaston, devrait-elle avouer à Lise et Agathe que son amnésie n'était qu'une manœuvre pour l'écarter? Et lui pardonnerait-on, à elle?

Les liens du cœur

L'autre côté du lit était vide, et froid. Jeanne devait s'être levée depuis un moment déjà. En se réveillant ce matin-là dans des draps peu familiers, à l'odeur de lessive inconnue, Gustave pensa instinctivement au lieu qui berçait ses jeudis.

Il n'avait jamais su faire fonctionner le lave-linge, Charlotte s'en était toujours occupée. Triant, soupesant, dosant. Depuis sa mort, il allait au Lavomatic en bas de chez lui. Fourrait ensemble ses habits sales, sans distinction de couleur ni d'étiquette. Advienne que pourra ! Le ronron des machines professionnelles, le mouvement régulier des vêtements dans les tambours surdimensionnés charmaient sa nature contemplative. Il aimait glisser le jeton dans la fente métallique, l'odeur suave et réconfortante de la lessive, la chaleur ambiante, la faune bigarrée qui gravitait dans l'espace clos. Certains usagers lançaient leur machine et partaient faire une course, d'autres lisaient ou jouaient sur leur téléphone ; d'autres encore, comme lui, regardaient tourner le linge en donnant libre cours à leurs pensées.

La vieillesse pouvait confiner à la débâcle, Gustave le constatait chez plusieurs amis. Il les voyait confits dans leurs habitudes. Sclérosés. Ils avaient renoncé, n'attendant plus rien de l'existence. Une forme de rigidité qui s'attaquait à leur esprit de même qu'aux muscles et aux tendons. Ils ne se remettaient plus en cause, déploraient le tour que prenaient les événements, bavaient sur la jeunesse, critiquaient la société dans son ensemble sans jamais proposer d'alternative. Regrettaient « le temps d'avant ». Leurs tristes convictions ? Indélogeables. Une paresse intellectuelle d'autant plus déconcertante chez ceux qui avaient tant aimé ferrailler verbalement, refaire le monde jusqu'aux balbutiements de l'aube. Désormais, c'était discours unique, regard émoussé, bouche figée, corps tremblant ou raidi. Radotis et compagnie. Certains sentaient même la naphtaline. Ou trimballaient des relents de soupe tiédasses.

Constatant les dégâts dans les rangs de sa génération, Gustave avait, pendant un temps, redouté de leur ressembler. Mais depuis qu'il avait rencontré sa bien-aimée, il le savait : sa vie ne prendrait pas une telle tournure, il ne se complairait pas dans un confort satisfait, Jeanne et sa rambarde de tendresse et de douce lucidité l'en empêcheraient. On lui avait accordé une rallonge et il dormait sur ses deux oreilles depuis que cette crainte l'avait quitté.

C'est au Lavomatic qu'il avait rencontré son petit-fils. Presque un gamin encore, sec comme une trique, les cheveux tirant sur le roux. Trop vite poussé, trois poils au menton, les pieds logés dans des baskets immenses qui lui donnaient une allure de canard, une veste de sport brillante qui bâillait aux épaules. Il hésitait face à la machine, son jeton à la main. Comme planté devant un vaisseau extra-terrestre – sa première fois, sans doute. Poussé par la compassion, Gustave lui avait montré la marche à suivre. Le programme à sélectionner. En vieux briscard.

Ils s'étaient revus, par la force des choses : ils avaient le même jour de lessive. Cédric s'asseyait à côté de lui, regardait le bout de ses chaussures. Ils partageaient un silence entendu, puis le jeune s'enhardissait, levait les yeux. Les sourires empruntés du début avaient gagné en assurance.

Gustave avait remarqué que Cédric murmurait sans cesse quand ils ne parlaient pas – comme un tic qui lui mangerait la bouche. Il avait fini par lui demander ce qu'il disait, et le jeune s'était mis à réciter de la poésie. Du Bobin, ce jour-là. *Surtout, ne jamais se fier aux apparences*, avait songé le vieil homme. Cédric avait commencé à apprendre des poèmes pour apprivoiser les filles, ce qui avait marché « moyen » de son propre aveu. Mais il y avait pris goût et avait continué malgré les échecs amoureux à engranger de la poésie, écumant les rayons de sa bibliothèque municipale. Cette quête infinie l'étourdissait souvent, il n'aurait jamais le temps de tout découvrir !

Les vers lui avaient longtemps tenu compagnie, mais il y avait maintenant le vieil homme, sa présence. La confiance qui se nourrissait de leurs discussions comme de leurs silences. Le Lavomatic qui faisait cocon autour d'eux. Depuis qu'il le connaissait, des espérances se faufilaient même dans son crâne : il n'était peut-être pas perdu pour la cause.

Parfois les liens du cœur sont plus solidement tressés que les liens du sang. Le palpitant de Gustave avait accueilli Cédric comme on ouvre les bras à un petit-fils, et le jeune homme l'avait reconnu en tant que figure paternelle. Il recherchait ses conseils, son approbation. Espérait chaque jeudi la petite tape complice sur l'épaule. Guettait les pattes d'oie annonçant les sourires qu'il provoquait. À le voir, Gustave devinait le bagage de vie qu'il devait porter. Il laissait venir.

Orphelin ballotté de foyer en foyer, Cédric n'avait jamais pu s'enraciner, mais il avait trouvé une certaine stabilité en décrochant un CDD dans un garage. Une raison d'être. Parler moteur et turbo faisait briller ses yeux gris, le rendait expansif et fiévreux comme un enfant le jour de Noël. Gustave l'écoutait, l'encourageait d'un hochement de tête même si l'automobile n'avait jamais été pour lui qu'un moyen de se rendre du point A au point B quand on voulait éviter les transports en commun. D'ailleurs, il ne roulait plus.

Cédric avait tenu à le conduire en banlieue, il ne voulait pas qu'il prenne le train, allez savoir pourquoi. Ça lui ferait une balade et puis la voiture avait besoin de se décrasser, avait-il expliqué. Une histoire de fluides qui devaient circuler, Gustave n'avait pas insisté, pour lui, c'était du chinois.

Le voyage s'était déroulé tranquillement, sans anicroche. Ils avaient d'abord discuté avant de se taire, sans la moindre gêne. La radio passait des tubes des années 1980, *Kids in America*, *Always the sun*, *The final countdown*, *Un autre monde*, et Cédric battait parfois la mesure sur le volant. De temps en temps, Gustave coulait un regard vers lui. Il voyait son profil concentré, sa bouche comme un trait de couteau, ses sourcils froncés. À quoi pensait-il ?

Cédric avait déposé Gustave devant La Bicoque, prenant juste le temps de sortir son bagage du coffre mais refusant de s'attarder. Il repasserait le chercher à la fin du week-end. Il était reparti aussi sec, sa casquette rouge et blanche solidement enfoncée sur son crâne. Faisant crisser les pneus alors qu'il avait roulé pépère durant tout le trajet. La pudeur pouvait prendre des dehors abrupts.

Gustave avait sonné, son cœur faisait des bonds de cabri dans sa poitrine. Un joli carillon avait retenti, il avait reconnu les premières notes de la *Danse de la fée Dragée*, de Tchaïkovski, et Jeanne était sortie, bravant la fraîcheur dans une jolie robe à fleurs et le rose aux joues.

Mais assez rêvassé ! Il entendait les trois femmes discuter au rez-de-chaussée. Un échange animé, des éclats de voix lui parvenaient. Il avait une faim de loup et devait les rejoindre pour le petit déjeuner. Il tendit l'oreille…

Dans un silence de cathédrale

– Il faudra me passer sur le corps ! tonna Jeanne avec une dureté qu'on ne lui connaissait pas.

Il fallait réparer le toit de La Bicoque, dont le manque d'étanchéité devenait préoccupant. Lise avait fait établir différents devis. Les travaux allaient coûter bonbon.

– On ne devrait pas vendre la maison ? avait-elle suggéré.

Elle avait dressé la liste des charges venant s'ajouter à celles de leur appartement parisien – il y avait des frais fixes même quand elles n'allaient pas en banlieue, sans compter les trajets en train qui représentaient un coût à la longue.

– Notre budget est très tendu. Je suis la seule à faire bouillir la marmite, pour l'instant… reprit Lise.

– Et ma retraite, tu l'oublies ? demanda Jeanne en portant la main à sa poitrine, d'une voix qui vibrait d'émotion. Elle est modeste, mais quand même.

– Tu as raison, excuse-moi, je l'ai comptée dans mes calculs. Je les ai faits et refaits… Ça ne passe pas.

– C'est mon refuge, ici. Ma respiration. Vendre La Bicoque ? Autant me vendre moi !

Agathe écoutait, catastrophée. Elle avait la sensation que le fameux toit venait de s'écrouler sur elle. Dans ses oreilles, un bourdonnement insistant.

Elle fixait sans la voir la table dressée pour un festin de petit déjeuner. Les baguettes fraîches. Les œufs qui attendaient d'être plongés dans l'eau bouillante, les bols bientôt remplis de chocolat ou de café noir. La motte de beurre qui réclamait d'être entamée, le miel et la confiture.

Puis un pas hésitant fit craquer doucement l'escalier. Gustave entra, dans un silence de cathédrale que troublaient seulement les chants des oiseaux, dehors. Agathe le trouva touchant dans son pyjama rayé un peu trop grand. On aurait dit un gentil bagnard…

Les trois femmes se taisaient, troublées. Le vieil homme avait-il entendu leur échange ? Jeanne tordait son mouchoir entre ses doigts, les yeux rougis de larmes contenues. Lise, tête baissée, faisait tourner sa petite cuillère dans le bol vide qui portait son prénom. Agathe, elle, serrait les mâchoires jusqu'à la douleur.

Gustave s'assit, et avant de s'emparer d'une baguette et d'un couteau, il posa délicatement sa main sur celle de Jeanne et lui souffla :

– On en parle plus tard, si tu veux.

Un souvenir tenace

Jeanne était allée une fois à la mer. Avec ses parents. Une fois seulement: Gaston ne voulait pas laisser ses bêtes à un autre, même pour deux jours. Le souvenir n'en était que plus tenace. L'enfance s'invitait souvent au vieil âge, sourdait par capillarité.

La mer du Nord… Les roudoudous, le vent cinglant qui soulève des gerbes de sable, le soleil qui mord à travers les nuages, les pommettes échauffées, les bras et les jambes rougis, les vêtements qu'on enfile en grelottant sur un corps humide, la longue digue qu'on longe en traînant les pieds après le déjeuner, le petit seau en plastique d'où dépassent pelle et râteau, le maillot de bain qui rentre dans les fesses, le sel séché sur les lèvres, les petits moulins en plastique coloré qui s'emballent dans le vent, les glaces qu'on lèche lentement pour les faire durer, la crème solaire qui poisse, les moules-frites qu'on dévore sous la bâche d'un restaurant de plage, l'odeur du plastique chauffé par le soleil, les petits sièges bas qui s'enfoncent de travers, les paravents en toile épaisse dont on enterre les piquets pour se mettre à l'abri du vent, la sieste avec le soleil qui déborde des rideaux, le sable qui colle aux jambes et qui gratte, les boutiques de plage, cavernes d'Ali Baba, les lunettes de soleil qui glissent sur le nez, les rouleaux qui vous renversent et la tasse qu'on boit, la douche au tuyau d'arrosage les pieds dans une cuvette, la sage enfilade des maisons de bord de mer, les petits escaliers en pierre couverts de sable qu'on emprunte pieds nus avant de remettre ses Méduse, le kilomètre qu'on parcourt pour rejoindre la mer, les brisures de coquillages qui font mal aux pieds, les cerfs-volants qui vous arrachent les bras et font bruyamment vibrer l'air tout là-haut, le bob ridicule qu'on ne veut pas mettre, l'odeur incomparable du bord de mer, les serviettes un peu râpeuses, la plage qui n'en finit plus, les nuages gris ou blancs qui s'étirent dans un ciel sans bornes lui aussi, la pluie battante qui vous chasse, la soupe de poisson au goût trop fort qui fait grimacer, les parents empruntés dans leur maillot de bain, des mots croisés à la main, ne cours pas autour de la serviette tu m'envoies du sable, les orteils qui jouent avec le sable, les doigts qui jouent avec le sable, les flaques d'eau de mer tiède, les trous laissés par les couteaux, les vers qui font des crottes en surface, les galets qu'on lèche, les coquillages qu'on ramasse, qui laisseront du sable sur la plage arrière au retour.

Jeanne avait même la nostalgie des arêtes de poisson.

Et puis, ce petit garçon avec qui elle avait joué tout un après-midi, à construire des châteaux de sable avant que la mer s'en empare. Il était parti avec le coucher du soleil, s'était retourné plusieurs fois pour agiter la main. Le lendemain, elle l'avait cherché sur la plage, inconsolable. Les larmes sur ses joues avaient le goût de la mer. Elle ne l'avait jamais revu.

Dans la salle des profs

Au lycée, Lise passait pour une solitaire. Elle l'ignorait mais des collègues la jugeaient même asociale. Pourtant elle faisait son boulot comme les autres, assistait aux conseils de classe et donnait son avis quand on la sollicitait. Signait les pétitions qui circulaient. Participait aux manifestations. Mais quelque chose résistait. Sa carapace faisait barrage, aussi peu engageante que les panneaux « Défense d'entrer » devant certains terrains.

Or, depuis sa rencontre avec Anne Roumanoff – devrait-elle dire sa collision ? –, un questionnement l'habitait : quand avait-elle perdu foi en l'humanité ? Renoncé au contact et à l'échange avec ses semblables, hormis Jeanne et Agathe, ses boussoles ? Était-ce irréversible ?

Elle songeait à tout ça dans la salle des profs, malgré le passage incessant. Les discussions de bric et de broc, les exclamations qui fusaient, le cliquetis des clés, la machine à café au fonctionnement erratique et bruyant.

Si le moindre accroc dans sa vie déclenchait jusqu'alors des tempêtes, elle sentait désormais que les ressorts de sa colère s'étaient essoufflés. Mais la rancune, elle, s'accrochait. Opiniâtre. Digérerait-elle un jour le coup de poignard encaissé ?

Les mains dans le cambouis

Changer un pneu, un filtre à air, à huile, une ampoule, un fusible, les essuie-glaces, tester les phares, mesurer la pression des pneus, contrôler les niveaux (huile, lave-glace, clim)… Ces tâches de base de la révision, il maîtrisait. Maintenant, changer l'échappement, les amortisseurs, les plaquettes ou les disques de frein, ça devenait plus compliqué, il avait encore à apprendre. En observant, en imitant. Les gestes ne mentaient pas, c'était rassurant.

Cédric se sentait bien les mains dans le cambouis. Toute sa vie, de famille en famille, il avait eu l'impression de se retrouver dans une foutue salle d'attente, au bord des choses et des gens. Regardant les autres aller et venir, prendre des décisions, mener leur barque avec plus ou moins de réussite. Aujourd'hui, il agissait. Sa vie lui appartenait.

Pour le reste, il suivait les instructions de Manolo, Monsieur Loyal en son garage. Toujours une plaisanterie et la clope au bec, à répandre des cendres partout. Y compris dans le compartiment moteur quand il se penchait pour vous montrer l'élément à l'origine d'une panne. Ses coups de gueule terribles se terminaient en rires tonitruants, et après l'orage, il vous ébouriffait les cheveux et passait à autre chose. Content de vous, il vous broyait l'épaule d'une main calleuse qui sentait le tabac brun. Ou vous secouait tout le buffet d'une tape monumentale dans le dos.

Le garage : du matos dans tous les coins, des établis, des bidons, de vieilles plaques émaillées ; un désordre apparent mais en réalité tout était à sa place, en tout cas on retrouvait toujours ce qu'on cherchait. Une odeur d'huile, de graisse, de carburant, de poussière aussi. Des couleurs sourdes, du gris partout de temps en temps bousculé par un rayon de soleil qui entrait par la grande porte. Des bruits sans arrêt, plein de bruits différents – un fond sonore qui berçait Cédric, lui donnait la sensation d'être enfin arrivé à la maison.

Il aimait transpirer pour une bonne raison, il aimait sentir ses muscles gonfler quand il soulevait un pneu, donnait des tours d'écrou. Après le boulot, il s'attardait sous la douche, heureux. Il avait un petit studio, le Lavomatic pour son linge et Gustave pour la compagnie. Pour un peu, il aurait chanté.

Quant aux familles qui lui avaient fait une place chez elles, qui l'avaient élevé un peu au hasard, si nombreuses que certaines étaient floues dans sa tête, il ne cherchait pas forcément à couper les ponts mais ne donnait des nouvelles que si on lui en demandait. Ça passait, ou ça cassait.

Le reste de l'équipe ? Rudi, Fred et Benco ? Ils en étaient encore à se flairer. Il ne se mêlait pas trop, n'allait pas boire des coups avec eux quand ils débauchaient. Par contre, quand il s'agissait d'apprendre, il répondait toujours présent. Alors on pensait peut-être qu'il avait le melon. La vérité, c'est qu'il ne savait pas comment on faisait. Comment on entrait en contact avec les autres. Le coup de poing mis à part. Parler de lui ? Que dire ? Ils se seraient sûrement foutus de sa tronche, pour la poésie. Lui-même aurait eu du mal à mettre des mots sur ce qu'il ressentait quand il en lisait ou en récitait. C'était comme un tsunami de douceur dans son crâne. Et après, il se sentait en paix avec le monde autour. Pas avec lui-même, fallait pas déconner.

Avec ce CDD, il était persuadé d'avoir décroché la grosse timbale. Il n'avait rien contre les études, mais à l'école, il avait sans arrêt l'impression qu'on le jugeait. Comme s'il était, à jamais, le pauvre petit orphelin. Celui qu'on ménage en classe, celui qu'on bouscule dans la cour de récréation. Celui qui porte les vêtements des autres, trop grands ou trop petits. Toujours en retard d'une mode ou deux.

Une présence haute en couleur

Marcia était arrivée abruptement dans la vie d'Agathe. Sa présence haute en couleur comme tombée du ciel. À l'origine, la jeune femme voulait écrire tout autre chose. Elle imaginait un récit mâtiné d'éléments autobiographiques. L'histoire de trois femmes vivant sous le même toit, pourquoi pas ? Mais Marcia avait imposé sa volonté ; Agathe s'était donc exécutée. Lisant les interviews d'écrivains, elle savait qu'il arrivait que des personnages prennent tellement de place qu'ils dictent leurs conditions, mais avec sa maigre expérience, elle ne l'avait jamais vécu auparavant.

Maintenant elle ne pouvait plus se passer d'elle. Elle se couchait Marcia, se réveillait Marcia. Entre les deux, elle vivait sa vie fantasque, par procuration. Ça la changeait.

Adeline trépignait déjà quand Agathe poussait la porte de la pièce où elle lui faisait la lecture. Elle réclamait Marcia. Agathe connaissait tant son histoire pour l'avoir mâchée encore et encore – vérifiant dans sa bouche que ça coulait de source, qu'il n'y avait pas de répétitions – qu'elle pouvait régulièrement lever la tête et promener son regard dans la petite salle à l'agréable odeur d'encaustique. Les murs couverts de livres, les deux fauteuils en tissu jaune qui se faisaient face mais qu'elles avaient coutume de mettre côte à côte. Le divan mangé de coussins bariolés. Les affiches rieuses aux murs. Vantant les mérites de la Côte d'Opale, la côte basque, la côte Fleurie, la Côte d'Azur.

Si Agathe avait été un personnage, Marcia aurait représenté son opposée diamétrale. Elle s'affichait, comédienne jusqu'au bout des ongles :

« Marcia se donnait en spectacle : son logis était une scène de théâtre, sa vie une pièce dont elle devenait l'héroïne au saut du lit. Marcia se persuadait qu'elle le devait bien à sa voisine, qui lui faisait de loin en loin l'honneur d'un coup d'œil perplexe. Ses tenues étaient toujours étudiées, ses apparitions minutées avec soin, ses sorties parfaitement orchestrées.

Soucieuse du décorum, tous les matins, dans la salle de bains qui lui tenait lieu de loge, Marcia faisait tomber solennellement une à deux gouttes bleues dans chaque œil pour en rendre le blanc plus blanc, appliquait un maquillage étudié, soulignant les bombés de son visage, mettant l'accent sur ses yeux ou sa bouche, selon son humeur.

En attendant l'heure de se produire, calée sur le moment où la voisine écartait ses rideaux, elle se mettait en condition pour incarner son personnage, essayait de nouvelles expressions devant la glace, se livrait à un léger échauffement pour dérouiller son corps et à quelques exercices d'articulation pour s'éclaircir la voix, même si ses prestations étaient toujours muettes. »

Agathe était grise en somme, Marcia rouge. Un peu comme sa mère, tiens. Lise qui, depuis peu, avait gagné en prestance. Elle se redressait. Portait du rouge, même pour aller au lycée. Remettait du parfum. Des talons. Souriait parfois. Un vent nouveau paraissait souffler sur sa vie. Comment l'expliquer ? Avait-elle rencontré un homme qui l'aurait réconciliée avec elle-même ? Agathe se reprochait aussitôt ce poncif. Et pourtant, les changements étaient là…

Pour en revenir à Marcia, elle cultivait des bizarreries qui ravissaient Agathe. Dépoussiéraient son existence. Elle les accumulait comme on enfile les perles d'un collier. Et si elle en faisait trop ? Agathe avait décidé que non. Marcia était un personnage entier. D'un caractère incorruptible. La nature imprévisible de la jeune femme, son attitude à contre-courant de la normalité l'enchantaient. Et, comme Adeline, elle attendait l'épisode suivant en se consumant d'impatience.

Dans un univers parallèle

Agathe n'aimait pas qu'on se trompe sur son prénom, elle préférait encore qu'on écorche son nom de famille. Il était arrivé qu'on l'appelle Alice, or elle ne s'appelait pas Alice et ce n'était pas pour rien. Elle n'aurait pas *pu* s'appeler ainsi, d'ailleurs, même en le voulant très fort. Les petites filles portant ce prénom se précipitaient bille en tête derrière les lapins affublés de montres à gousset. Elles prenaient le thé avec les créatures les plus étranges. Jouaient au croquet avec des flamants roses vivants en guise de maillets.

Agathe, elle, avait tendance à rester sagement assise sur sa chaise, quand son imagination cavalait pour elle. Elle aurait aimé faire preuve d'assez de cran, ou d'insouciance, pour soulever le bouchon du flacon et en boire le contenu d'une traite, mais le rôle qu'on lui avait assigné en lui donnant le prénom d'Agathe, c'était d'étudier la fiole sous toutes ses coutures et de s'interroger sur son contenu.

Si elle avait tenu ce fameux flacon, elle aurait contemplé le liquide iridescent et son regard aurait pris une expression songeuse, elle se serait perdue en conjectures tandis que, dans un univers parallèle, une petite fille prénommée Alice, elle, buvait le breuvage cul sec et rétrécissait. Alice avait l'étoffe d'une exploratrice, Agathe l'âme méditative.

Et quand bien même Agathe aurait agi en Alice, quand bien même elle aurait endossé son rôle, elle n'aurait pas été crédible pour un sou et l'imposture aurait vite été démasquée.

Les parents ne soupçonnaient pas leur pouvoir de définition lorsqu'ils baptisaient leur enfant.

Une enfance de « garçon manqué »

Jeanne époussetait avec amour et minutie l'armée de chouettes qui se dressait sur la commode de sa chambre, en ordre de marche. Elle les prenait l'une après l'autre, caressait de son plumeau ici du laiton, là du bois, ou de la porcelaine peinte. Elle ignorait pourquoi l'animal, nocturne et solitaire, l'attirait autant. C'était ainsi depuis son enfance, à la campagne. Contrairement à ses petits camarades de l'école, elle aimait se draper dans les hululements de l'oiseau, le soir tombé. S'endormir dans le bruit familier, prometteur d'une nuit paisible, bien au chaud sous l'édredon.

Elle avait commencé sa collection à l'âge adulte, et Lise, qui voyait les accumulations d'un mauvais œil (hormis les livres), lui avait interdit de coloniser le reste de l'appartement. Les chouettes s'invitaient quand même partout, sous toutes les formes : Jeanne s'affichait un jour avec une broche à l'effigie de son totem, un autre avec des boucles d'oreilles ou une bague ; un flacon de parfum au bouchon ouvragé trônait dans la salle de bains…

Elle dévorait aussi tous les ouvrages traitant de ce représentant de la famille des *Strigidae*, jamais rassasiée. Se montrait intarissable sur la déesse grecque Athéna, associée à l'oiseau. La symbolique de l'animal, également, la fascinait. On lui opposait mauvais présage, mort prochaine d'un malade, elle répondait : sagesse, intuition, clairvoyance. Connaissance. La chouette, pensait-elle également, étendait ses ailes protectrices au-dessus de leur foyer.

Jeanne reposa la dernière figurine, en céramique. Elle était impatiente qu'arrive Gustave, pour qui elle avait trouvé un cadeau en brocante. Des boutons de manchette dorés, figurant des chouettes, qui attendaient dans une petite boîte bleu nuit, nichés dans un matelas de soie.

Gustave… Si elle était enfin parvenue à lui avouer ses manœuvres honteuses pour écarter Gaston, elle n'avait pas encore évoqué avec lui la partie la plus heureuse de sa vie à la campagne. Une enfance de « garçon manqué » – bras et mollets toujours griffés, joues rougies comme deux pommes d'api – dont les souvenirs remontaient à la surface, chahuteurs.

Grimper sur les roues boueuses du tracteur. Ramasser dans la paille les œufs de poule encore chauds. Les bruits de la basse-cour. Courir pour échapper au bec avide de l'oie. Les vaches qu'elle appelait par leur prénom. L'odeur forte du lisier, à la fois agressive et réconfortante. La fraîcheur du lait tiède et mousseux, trait à la main. Le bruit de la baratte à beurre. Le privilège de goûter à l'écume de confiture. Se réchauffer les mains à la cuisinière en fonte alimentée en bois, où sa mère mijotait des plats généreux. S'allonger dans l'herbe haute de la pâture, disparaître aux yeux du monde. Sauter par-dessus les crottes de mouton. Le biberon donné à l'agneau goulu, quand la brebis avait fait trois petits. Le drôle de mélange de la nourriture pour cochons, son mêlé à de l'eau de vaisselle grasse. Les toilettes dans la cour, avec le cœur découpé dans la porte en bois. Siffler avec un brin d'herbe. Le lourd moule à gaufrettes en fonte qu'on la laissait manipuler.

Le cliquetis mécanique de la moissonneuse attelée au tracteur. Le joug à bœufs qui prenait la poussière dans le couloir. Les chatons chamailleurs qui vous couraient dans les pattes. Les tas de grain dans le grenier auquel on accédait par une échelle en bois, les pièges à souris, les particules de poussière dansant dans un rai de lumière. L'agressivité des fourches dressées contre un mur. L'odeur chaude et sucrée du foin ramassé en gerbes dorées.

Côté cour, côté jardin

Leur désaccord tapageur à propos de la vente de La Bicoque avait cédé place à une crispation sourde, une espèce de larsen à peine perceptible mais bien présent. Chaque fois que Lise abordait le sujet, Jeanne la fixait d'un œil têtu, sans se donner la peine de nourrir le débat. Elle campait sur ses positions : la meulière restait dans la famille, question tranchée.

Agathe ce jour-là entra dans le salon d'un pas résolu, posa sa besace sur le canapé et considéra Jeanne et Lise assises chacune à un bout de la pièce. Elle secoua la tête, puis réclama :

– Conseil de famille !

Un ficus au port altier, campé près d'une fenêtre, faisait office d'arbre à palabres. Les trois femmes s'y retrouvaient chaque fois qu'un sujet méritait discussion, y parlementaient avant tout achat risquant de peser sur le budget commun – comme lorsqu'Agathe avait eu besoin d'un ordinateur digne de ce nom.

Jeanne et Lise quittèrent le salon, l'une côté cour, l'autre côté jardin. Catastrophée qu'elles refusent le dialogue, Agathe en resta les bras ballants, mais déjà les deux femmes revenaient, armées du nécessaire pour prendre soin du ficus. Chacune prit une chaise, et toutes trois s'assirent en cercle autour de l'arbuste. Jeanne se mit à essuyer le feuillage avec un chiffon à poussière imbibé de bière, l'air buté.

– Je sors d'un studio d'enregistrement, annonça Agathe sans préambule.

– Quoi ? s'étonna Lise en cessant d'aérer le dessus de la motte avec sa petite griffe de jardin.

– Tu chantes ? risqua Jeanne d'une voix haut perchée.

– Non, je prête ma voix pour des livres audio.

– Petite cachottière ! lança Lise. Tu comptais nous le dire quand ?

– C'est tout frais. Je voulais être sûre d'être prise avant de vous en parler.

– Raconte ! s'impatienta Jeanne.

– Ça remonte à deux ou trois semaines. J'ai vu une petite annonce collée sur le grand panneau d'affichage, à l'université. Ils cherchaient une voix jeune, une voix de fille, j'ai décidé de tenter ma chance. Je pense que mon expérience à l'association a dû peser dans la balance. En tout cas ils ont demandé à me rencontrer, et ils m'ont fait passer une audition.

– Tu n'étais pas trop stressée ? voulut savoir sa grand-mère.

– Si, d'ailleurs ma voix était étranglée au début, mais ils m'ont donné quelques exercices d'échauffement et je me suis détendue, expliqua Agathe en plantant un bâtonnet d'engrais dans la terre.

– Et alors ? s'enquit encore Jeanne.

– Alors ils disent que j'ai le bon débit, le bon phrasé. Que niveau interprétation, ça colle. Ni trop, ni trop peu.

– Quelle interprétation ? intervint Lise.

– Ça s'apparente au métier de comédienne, vous savez. Il faut mettre de l'émotion, marquer des silences… C'est aussi une question de respiration.

– Tu m'épates ! Une artiste dans la famille ! s'exclama Jeanne avec ravissement.

– Et tes études ? s'inquiéta soudain Lise, plus terre à terre.

– Je ne manquerai aucun cours, ne t'en fais pas. Mais…

– Mais quoi ? demandèrent Lise et Jeanne dans un même élan.

– J'ai décroché un contrat pour la lecture d'*Une chambre à soi*, et d'autres sont en cours de rédaction. Ils lancent une collection de textes féministes, ils cherchaient justement une voix comme la mienne, un peu voilée. Et…

– Et… ? reprit Jeanne.

– Je verse tout dans le pot commun pour la réparation du toit. Au bout du compte, ce n'est pas négligeable comme somme ! Alors plus question de se séparer de La Bicoque. Et plus de soupe à la grimace, vous deux !

Un cercle vertueux

C'étaient les mêmes injonctions que chaque année à la même époque : choisir son maillot de bain puis rentrer dedans, faire ramoner la cheminée, déclarer ses revenus. Lise feuilletait le magazine féminin acheté en rentrant du lycée, déçue. Il y avait très peu de contenu, surtout des publicités et de la publi-information. Enfin, à part l'article sur Anne Roumanoff, qui parlait de sa routine beauté, ses conseils bonne mine, les produits utilisés. Après l'avoir lu, elle le découpa soigneusement et le rangea dans le classeur dédié. Toutes les informations recueillies lui permettraient-elles de dissiper le mystère ? Ou de le délimiter, au moins ?

Au lycée, Lise poursuivait sa mue. Elle ne se contentait plus de suivre le programme à la lettre, elle empruntait des chemins de traverse. Ainsi, elle fit une incursion du côté de Victor Hugo pour éclairer d'une lumière nouvelle le préromantisme du mouvement Sturm und Drang – espérant ne pas trop marcher sur les plates-bandes de sa collègue enseignant le français. Elle se mit aussi à inventer des exercices ludiques pour intéresser ses élèves à une langue semée de chausse-trappes, dont ils jugeaient la grammaire assez rébarbative. Désormais, elle avait droit au silence quand le cours commençait, et l'attention était plus soutenue.

Elle bénéficiait d'un cercle vertueux : son assurance Roumanoff lui valait plus de concentration et d'intérêt de la part de ses élèves, ce qui alimentait son estime de soi, laquelle asseyait son assurance, et ainsi de suite. Ses chemisiers fleuris n'étaient plus cantonnés au week-end, et elle osait parfois un sac rouge ou des chaussures rouges avec des vêtements de la même couleur. Ses collègues la considéraient avec surprise ou curiosité, certains allaient jusqu'à la complimenter, on lui proposait de temps en temps un café.

Un tour d'écrou

Gustave ne savait pas qu'il avait fait le coup de poing. À l'époque, la violence sourdait de tous ses pores. Cédric avait cassé un nez, quelques dents. Tout ça pour voler une grosse gourmette en or qui ne lui plaisait même pas. Effacer un sourire qui l'irritait. Mais il fallait que ça sorte – l'incompréhension, l'angoisse, l'injustice d'avoir été abandonné nourrisson.

Il avait pris un an tout rond. Pour vol avec violence ayant entraîné une incapacité totale de travail de dix jours. À en croire son avocat, il s'en tirait bien. En entrant avec son paquetage dans la maison d'arrêt, quartier des mineurs – deux couvertures, des draps, des sous-vêtements, un nécessaire de toilette et un livret: *Je suis en prison* –, il s'était juré de ne pas se faire d'amis. Il ne comptait pas s'attarder ni revenir. Il avait compris le message: se tenir à carreau. Éviter les têtes à problèmes. Freiner, neutraliser, retenir. À l'intérieur, si on intégrait les règles et qu'on s'y conformait, les surveillants vous laissaient un peu la bride sur le cou. Et grâce à un des ateliers pénitentiaires, il s'était découvert une passion pour la mécanique.

Sa dernière famille d'accueil avait réagi avec une grande indulgence. Sans jeter l'éponge, étonnamment, comme d'autres l'auraient fait. Il se croyait déjà reparti pour un tour… Le passage devant la juge, le sermon, l'attente. L'accueil circonspect de sa nouvelle famille, avertie de ses accès de violence. Montrer patte blanche, sympathiser un peu avec les enfants de la maison, faire son trou avec un minimum de confort. S'efforcer de finir le lycée. Et dans son dos, les remarques. La violence était partout, il fallait se blinder, passer entre les gouttes. Il avait vu tellement de visages différents qu'ils se confondaient. Çà et là surnageaient bien quelques sourires, quelques regards, mais ça tenait presque du mirage. Sophie l'éducatrice. Mme Dauvent la proviseure. Elles avaient représenté une parenthèse. Une virgule de bienveillance dans un monde hostile.

Heureusement pour lui, il y avait maintenant Gustave. Ses manières douces et précises. Ses costumes irréprochables. Sa ponctualité au Lavomatic. Sa façon de hocher la tête avec lenteur en l'écoutant. Cédric avait l'impression qu'il aurait pu tout lui raconter. Jusqu'au tour d'écrou dans sa vie… Pour l'instant, cette pensée lui suffisait. Alors il parlait carbu, jantes alu et tête de Delco.

Inventaire à la Prévert

Grâce à la présence d'Anne, Lise sentait qu'elle s'allégeait peu à peu de sa boîte à chagrin. De l'eau avait coulé sous les ponts, il était temps de reprendre goût à la vie. De renouer avec ses petits plaisirs. Tiens, elle allait dresser une liste. Un inventaire à la Prévert. Et piocher dedans si l'amertume repointait le bout de son nez.

Boire un chocolat chaud
Regarder et écouter crépiter un feu de cheminée
Faire une balade en forêt, enlacer le tronc d'un arbre, prendre un bain de feuilles, écouter le bruit du vent dans un feuillage
Savourer le bruit de l'orage, bien au chaud sous la couette
Humer l'odeur de la pluie après une chaude journée d'été, l'odeur de l'herbe tondue
Organiser un pique-nique
Faire la sieste
Regarder un film doudou qu'on connaît par cœur, rire encore, pleurer encore
Croiser dans la rue un inconnu qui vous sourit,

vous fait un compliment au passage
Ouvrir un nouveau livre, le feuilleter et respirer
son odeur
Acheter de nouvelles chaussures, un sac, un foulard,
et les étrenner
Porter un nouveau parfum
S'installer dans un fauteuil au cinéma, attente joyeuse
avant que le film commence
Caresser Schopenhauer
Passer la main dans l'eau d'une fontaine, d'une cascade
Chanter sous la douche
Écouter de la musique classique, surtout Vivaldi
et Satie
Danser sur ABBA
Barrer des lignes sur sa liste de choses à faire
Froisser une feuille de papier et la jeter
dans la corbeille

Le goût d'écrire

Le goût d'écrire lui était venu avec les rédactions à l'école. La consigne d'écriture agissait comme un précieux sésame ; la contrainte, contre toute attente, lui permettait de déployer son imagination. Agathe aimait ce moment où, dans le silence douillet de sa chambre, les mots se présentaient à elle. Elle les choisissait, sa plume grattait le papier quadrillé, petit bruit sec qui la charmait. Elle agençait les phrases avec le sérieux d'un pape, puis relisait et relisait encore, polissait. Le halo de sa lampe de bureau tenait à l'écart le reste du monde.

Elle décrochait toujours la meilleure note et l'enseignant lui faisait lire le fruit de son travail devant la classe. Debout devant le tableau vert, elle sentait sur elle les regards des autres élèves mais, curieusement, ça ne la dérangeait pas de se retrouver au centre de l'attention. Peut-être parce que c'était le texte qui parlait. Lire à voix haute lui faisait de l'effet, faisait de l'effet à ses camarades aussi. Elle le sentait aux souffles suspendus, à l'air plus dense dans la pièce. Le temps d'une lecture, sa voix s'affirmait ; Agathe sortait du lot. Puis elle revenait se glisser à sa place et la magie s'estompait, son pouvoir lui était retiré. Jusqu'à la fois suivante.

Et puis ? Et puis son père était parti. Brutalement congédié, traumatisme aux conséquences destructrices. Sa plume avait cessé de gratter le papier.

La porte s'était rouverte en fin de compte. Timidement d'abord, puis franchement. Elle ignorait comment, elle ignorait pourquoi. Elle pensait la source étouffée sous des tonnes de ciment, mais celle-ci avait fait résurgence, têtue, affleurant puis s'imposant.

Aujourd'hui ? Écrire, c'était s'engouffrer dans un autre monde. Aspirée par un irrésistible vortex, elle passait de l'autre côté du miroir. L'espace se dilatait pour mieux l'accueillir. Il s'organisait et s'enrichissait au fur et à mesure qu'Agathe tricotait son texte. Comme une pièce nue qu'on prendrait plaisir à meubler et à décorer. Une sensation plus que gratifiante : enivrante.

Ce là-bas, c'était à la fois sa création et son endroit à elle. Le lieu de tous les possibles, où elle se révélait et tenait tous les rôles. Avait tous les droits. Favorisait certains personnages, en confrontait d'autres à la rugosité de la vie.

Seulement, à force de passer la chose sous silence, la cachotterie était devenue secret, et ce secret avait enflé, menaçant de prendre les folles dimensions d'un tabou. Il l'encombrait. Mais quand en parler, et comment ?

Une rencontre arrangée

Jeanne avait fait la connaissance de Gaston chez des membres de sa famille. Arrivée chez sa tante pour le café, elle l'avait découvert là, installé sur une chaise en paille, cuisses écartées sans façon. Sa casquette à carreaux à la main. Ils avaient bu de la liqueur de prune, et aux questions posées, elle avait vite conclu à la rencontre arrangée. Elle avait vingt ans, l'âge de se marier. De fonder un foyer. D'avoir ses propres terres. Gaston, cinq ans de plus, n'était pas vilain à regarder malgré ses mains rougies et crevassées, cependant aucun élan ne l'avait emportée, son cœur n'avait pas battu plus vite.

La fois suivante, les parents de Gaston étaient venus chez elle. Odette paraissait être une femme ouverte et de compagnie agréable, mais Émile avait considéré Jeanne de haut en bas, longuement, comme s'il se demandait si elle supporterait les travaux des champs, si elle pouvait porter des enfants sains qui, à leur tour, s'occuperaient de la ferme. La jeune femme, qui n'avait pas aimé ce regard inquisiteur, s'attendait presque à ce qu'il lui retrousse les lèvres pour examiner ses dents, lui palpe les flancs comme à une jument.

Ses parents, eux-mêmes fermiers, l'avaient ensuite travaillée au corps. Sa mère venait la voir et lui parler quand elle était installée derrière sa machine à coudre, son père lui tournait autour sans dire un mot, mais aux coups d'œil qu'il lui jetait, elle savait bien qu'il n'en pensait pas moins. Pour eux, l'affaire était entendue. Gaston était un bon parti, fils de gens respectables. Leurs terres fertiles, les affaires florissantes.

Jeanne avait fini par céder, de guerre lasse. À cette époque, en pays rural, les parents s'accordaient, les enfants obéissaient. Au fond, elle n'était pas mécontente de quitter le giron familial un peu étriqué. On lui avait constitué un joli trousseau, Gaston et elle avaient reçu en dot un terrain en pente douce, près de la rivière. Cette rivière dont la jeune femme aimait contempler le cours anarchique, sa main laissant filer l'eau comme filaient ses rêves.

Elle avait pu emporter sa machine, mais avec le travail à abattre, elle avait vite dû la reléguer dans un coin – elle ne comptait pas ses heures et la fatigue la terrassait le soir. Gaston avait fini par remiser la Singer au grenier, où elle prenait la poussière et s'était couverte progressivement de toiles d'araignée ajourées. Jeanne montait de temps en temps, affrontant l'échelle de meunier qui lui laissait les jambes flageolantes, et contemplait sa machine avec regret. Envolée, la perspective d'une boutique de couture et retouches en ville! Aux oubliettes, par la force des choses, les tenues de dame. Ses mains aux longs doigts fins avaient rougi, elle portait des bottes en caoutchouc épais, et une robe-tablier en coton bleu qu'elle enfilait par-dessus un pull, en hiver.

La ferme était cossue, les bêtes bien nourries, robe luisante et yeux brillants. Une vache en particulier, la Marianne, recueillait les confidences de Jeanne qui lui chuchotait ses envies d'ailleurs. À part ça, la terre donnait bien, Jeanne ne rechignait pas à l'ouvrage, les parents de Gaston étaient contents.

En quittant les siens, elle n'avait pas tout à fait conscience qu'elle intégrait un autre giron, les parents de Gaston occupant toujours le rez-de-chaussée. Jeanne trouvait l'intérieur vieillot. Pour modeler un peu les lieux à son image, se sentir plus chez elle, elle avait essayé de changer des choses mais s'était heurtée à un entêtement proverbial: les meubles étaient en bon état, les objets utilisables. Les bibelots? Une dépense inutile. Et pour le reste, il fallait user l'usé, disait Émile qui portait encore des sabots. Il avait toujours l'œil sur Jeanne, et celle-ci n'appréciait pas ce regard qui la caressait.

Ses beaux-parents perpétuaient des gestes et des réflexes ancestraux, nourrissaient des prudences paysannes: ils faisaient des économies de bouts de chandelle et ne jetaient rien, ça pouvait toujours servir, rien ne se perd, tout se récupère. Paradoxalement, ils s'endettaient pour acheter des machines agricoles. Gaston les poussait à prendre le train du progrès, qui était en marche.

Au début, la mère d'Émile, Eugénie, vivait avec eux – présence chétive et tremblante au coin du feu, un fichu sur les épaules, les yeux ternis par la cataracte, les doigts nerveux reprisant une maille imaginaire. Héritière d'un temps dépassé. Elle s'était éteinte comme elle avait vécu ses dernières années: sans déranger.

Une journée presque comme les autres

C'était une journée presque comme les autres, mais fait notable, il avait quitté le quartier des mineurs. Fait son paquetage, c'était vite vu, dit au revoir sans regret à son camarade de cellule, avec qui il n'avait jamais eu que des échanges superficiels. Des discussions fades autour des émissions passant à la télé, de la bouffe immangeable, des voisins bruyants. De la douche trop chaude ou trop froide. Des lits superposés qui grinçaient quand on se retournait.

Il avait eu ses dix-huit ans sans gâteau ni bougies, sans la chanson d'anniversaire entonnée maladroitement par la famille d'accueil non plus, et ça lui avait presque manqué. Il s'était regardé dans la glace, sans noter de changement.

Quelques mois plus tard, alors qu'il avait trouvé ses marques, on lui annonçait sa conditionnelle. Dehors, un vent bourru s'époumonait, il avait retenu sa casquette et pensé que c'était la liberté qui lui souhaitait bon retour dans le monde des vivants.

Des pâtes de fruits

Agathe observait Raymond depuis sa vigie. Elle prenait l'air pour se dégourdir le cerveau, nez au vent, lorsqu'elle l'avait vu quitter sa maison, fermer à double tour et s'approcher d'une démarche hésitante. Le voisin de gauche, vêtu d'un pantalon de toile grise et d'un pull à losanges rouge soulignant et son teint et son ventre, avait récidivé – armé cette fois de pâtes de fruits qu'il tenait devant lui d'une main fébrile. Autour de la boîte en carton jaune coquille, une faveur rose. Agathe ne put s'empêcher de secouer la tête: Raymond l'obstiné, l'amoureux maintes fois éconduit, allait encore se casser les dents sur la résistance de Jeanne, plus têtue qu'un caillou quand quelque chose ne lui plaisait pas.

Il venait de sonner et la porte s'ouvrit, la haute silhouette de Gustave s'encadra dans l'embrasure. Le voisin recula un peu.

– Bonjour.

– Je ne suis pas chez Jeanne? bredouilla Raymond, en pleine confusion.

– Si. Vous désirez?

– Mais, qui êtes-vous pour elle? osa le voisin sur le ton de la protestation, le regard incrédule.

– Ce qu'elle voudra.

Raymond rougit violemment, tenta de dire quelque chose, se ravisa et repartit, le pas déconfit.

Un petit ménage de printemps

Après étude des différents devis pour la réparation de la toiture, Jeanne et Lise avaient arrêté leur choix sur un artisan du village voisin qui, en plus de remplacer les tuiles cassées ou envolées, proposait de les débarrasser d'une mousse envahissante avec un produit naturel (Jeanne y tenait beaucoup) et leur faisait cadeau du nettoyage des gouttières.

Le couvreur, un homme robuste aux cheveux poivre et sel, dont le tee-shirt fatigué soulignait les poignées d'amour, arriva un beau matin avec l'échafaudage qu'il entreprit d'installer en sifflotant faux. Jeanne restait plantée dans le jardin, inquiète qu'il abîme la façade de sa Bicoque, mais Gustave passa le bras autour de ses épaules et la fit rentrer gentiment. En avril, les matinées étaient encore fraîches.

Les travaux avançaient bien, accompagnés de l'inévitable sourire du plombier qui faisait lever les yeux au ciel à Lise. Agathe, incapable de se concentrer à cause des bruits et des chansons massacrées à tue-tête par l'artisan, charmant au demeurant, se réfugia dans le salon avec une pile de livres qu'elle avala sous le regard attendri et fier de sa grand-mère.

L'homme, qui entrait de temps en temps se réchauffer avec un café noir qu'il descendait d'un trait, avait réussi à trouver des tuiles rigoureusement de la même couleur que les existantes, ce qui enchantait Jeanne. On ne verrait aucune démarcation.

Le chantier mené à un rythme soutenu fut fini en un rien, le temps d'un week-end.

Le couvreur descendait de l'échafaudage lorsque Gustave s'approcha, un objet de forme indistincte emballé dans un joli tissu à pois.

– Une dernière chose… Auriez-vous la gentillesse d'installer ça devant ?

Un épi de faîtage en terre cuite… En forme de chouette. Jeanne battit des mains, se pendit à son cou.

– Dis-moi… s'enquit prudemment Gustave après le départ de l'artisan. Les branches du lilas violet ploient sous les fleurs. Ça ne serait pas le moment d'un petit ménage de printemps ?

– Je ne vois pas le rapport ?!

– Tu ne sens pas souffler ce vent de nouveauté ? Tu n'aurais pas envie… de faire un peu de place ?

– Un peu de place ?

– Tu me disais l'autre jour que tu trouves le salon encombré. Que tu as du mal à y circuler. Je ne voudrais pas que tu tombes…

– Mais qu'est-ce que tu voudrais enlever, au juste ?

Gustave se racla la gorge.

– Eh bien, la télé qui ne fonctionne plus, pour commencer. Et puis…

– Et puis ?

– Eh bien, ce fauteuil avachi…

– C'est celui d'Odette, se braqua Jeanne.

– Les napperons aussi, j'imagine ?

– Qu'est-ce que tu as contre les napperons ?

– Ce n'est pas toi.

– Peut-être, mais c'est Odette ! s'insurgea Jeanne.

– Seulement la maison t'appartient. Et après tout ce que tu m'as dit d'elle, je pense qu'elle aimerait que tu te l'appropries un peu plus.

– Je ne vais quand même pas tout jeter pour ton bon plaisir !

– Qui parle de tout jeter ? Je te propose de gagner de l'espace. On respirera mieux, tu verras.

– Je croyais que tu aimais la maison.

– Je l'adore. Mais ça ne te ressemble pas de vivre dans le passé. Te débarrasser de choses usées, qui ne servent plus, ce n'est pas chasser Odette de tes pensées.

– Tu crois ?

– J'en suis sûr. Et ça mettra le reste en valeur. On ne remarque pas assez ta belle encoignure en merisier…

Jeanne faisait silence. Puis, comme à regret, elle lâcha :

– Tu as peut-être raison.

– J'ai d'autres idées, reprit Gustave, encouragé. On pourrait faire ramoner la cheminée, je rêve d'une belle flambée à tes côtés !

– Tu sais me parler, sourit Jeanne, rassérénée.

Et ils rentrèrent dans la maison, main dans la main.

Quelqu'un vint enlever la télévision, l'imposant fauteuil à l'assise déformée, une petite table haricot à laquelle il manquait un pied, et ils donnèrent à Emmaüs quelques bricoles surannées : un abat-jour à franges, un vase obus en laiton doré, un pot de chambre en faïence… Des collectionneurs seraient peut-être amateurs. Mais Jeanne ne put se résoudre à se séparer des napperons qui avaient grisé avec le temps. Elle les plia soigneusement, les rangea dans le coffre breton de l'entrée sous le regard amusé de Gustave qui ne pipa mot.

Dans les règles de l'art

Elle était cabossée. Bicolore : si le toit, les portières et les ailes avaient conservé le noir d'origine, le capot et le coffre, remplacés, étaient bleus. Le pot d'échappement pendait un peu bas. Mais la Golf GTI de 1982 roulait. Elle roulait et elle lui appartenait. Enfin, elle lui appartiendrait complètement dès qu'il aurait fini de la retaper. Quand Manolo lui avait proposé le deal, Cédric avait mis du temps à percuter. Pas l'habitude qu'on lui fasse des cadeaux. Sans rien attendre en échange. Pourquoi ?

Manolo avait expliqué : « Je suis content. T'apprends vite. Alors cette bagnole, tu vas continuer de te faire la main dessus. Mais en dehors des heures de boulot, hein ! Remise à neuf, elle sera à toi. » Lui n'avait rien pu dire, estomaqué. Comme s'il venait de se prendre un uppercut en plein bide. Il avait juste lâché un drôle de petit son étouffé, passé la main dans ses cheveux. Il s'en était voulu, mais les remerciements, c'était vraiment pas sa partie, et puis Manolo avait déjà tourné les talons, lâchant derrière lui un nuage de tabac brun.

La carrosserie était déformée, le tissu des sièges gratté, la portière arrière droite enfoncée, mais Cédric voyait la future bombe. Et ce qu'elle représentait : son autonomie. Non, mieux, son indépendance. Il était déjà amoureux d'elle, imaginait leurs virées. Les routes droites où elle pourrait exprimer toute la puissance de ses 110 chevaux. Celles sinueuses où elle se montrerait joueuse. Les vibrations montant dans ses reins. Le vrombissement des quatre cylindres en ligne. Son bras gauche prenant l'air, vitre baissée. Le vent dans ses poils. Sur son visage. La liberté, quoi ! La liberté.

Alors oui, il allait la retaper dans les règles de l'art, comme la youngtimer le méritait. La bichonner, la fignoler sur son temps libre. Il ne ménagerait pas sa peine. Et mettrait les bouchées doubles pour Manolo. Quand on ne savait pas parler, les actes parlaient pour vous.

Malgré un âge certain, la Golf n'affichait *que* 150 000 kilomètres. Fallait espérer que le compteur ne soit pas trafiqué. Cerise sur le gâteau, c'était une première main qu'on avait cédée à Manolo en échange de réparations importantes sur une autre voiture. Le garagiste l'avait prévenu : il faudrait s'attendre à quelques caprices, mais c'était une caisse robuste et, avec un peu de chance, elle ferait encore 100 000 bornes. Un peu de chance, et beaucoup d'entretien. Cédric comptait bien la prolonger. En profiter le plus longtemps possible.

Inspection faite, il connaissait maintenant les principaux chantiers, enfin, à l'extérieur. La carrosserie à débosseler, à repeindre, et la portière arrière droite à remplacer. Heureusement, le bas de caisse n'était pas corrodé comme on pouvait s'y attendre avec ce modèle, le châssis était sain.

Benco tournait autour de la voiture, curieux et peut-être un peu vexé de l'intérêt de Manolo pour le p'tit jeune. Il avait demandé avec un sourire entendu s'il comptait la tuner. Cette question ! Cédric n'allait quand même pas la massacrer. Elle garderait sa ligne, son allure nerveuse. Il n'enlèverait rien, n'ajouterait rien non plus. Remplacerait juste le pommeau de levier de vitesses (qui avait été changé) par la version balle de golf, d'origine. Et ferait tout pour dégoter les jantes d'usine. La sportive, devenue un classique, devait se respecter. Elle aurait droit à une vraie restauration, intégrale, ça prendrait le temps qu'il faudrait.

Fred, lui, se moquait de la précision avec laquelle Cédric intervenait sur la Golf. Dans le dos de Manolo, il l'appelait « le chirurgien ». Raillait ses « mains d'or », les gants qu'il enfilait scrupuleusement. Cédric, qui sautait la pause tandis que les autres mordaient à belles dents dans leur sandwich, avait décidé de ne pas trop écouter. Durant leur tête-à-tête, il avait pour sa belle des gestes de tendresse. Caressait la carrosserie, effleurait le tableau de bord, tapotait le tissu écossais des sièges sport.

Manolo avait fini par repérer le petit manège rigolard de Fred et Benco. Cédric qui faisait profil bas, au propre comme au figuré. Détournant la tête sans répondre, baissant les yeux et tirant sa casquette sur son front. Il l'avait pris à part : « Arrête de t'excuser d'exister. Tu as ta place ici. Alors profite. La vie est courte. »

Cédric comptait bien en profiter, mais avant ça, il avait du taf. Grâce au double du garagiste, il arrivait avant les autres, repartait après eux. Il faisait relâche le jeudi soir seulement, pour Gustave et son linge, et le vendredi soir pour son cours de savate. Là, il se décrassait, et Fred et Benco, tous les abrutis de la planète, en prenaient pour leur grade.

Dans l'ensemble, il restait dans les clous, mais il avait quand même merdé. Les jours où il était allé conduire, puis rechercher Gustave en banlieue. Il aurait pu se faire contrôler. Et aligner. Les papiers n'étaient pas en règle… Manolo ne savait pas qu'il avait déjà sorti la voiture du garage. S'il l'apprenait, Cédric se ferait incendier. Mais la tentation avait été trop forte. Comme son affection pour Gustave.

Un sourire qui se dessine

– Tu veux bien me relire le premier paragraphe?

Agathe s'exécuta aussitôt, heureuse:

« Les jours avaient indiscutablement une odeur. Le matin, Marcia n'avait pas besoin d'ouvrir les yeux pour se situer dans la semaine. Quand elle était d'humeur chagrine, le lundi sentait le chien mouillé, le mardi le moisi, le mercredi les cheveux gras, le jeudi les fruits pourris, le vendredi la clope froide, le samedi le lait tourné et le dimanche le beurre rance. Quand elle était d'humeur enjouée, le lundi fleurait bon le diabolo menthe, le mardi le pain grillé, le mercredi les crocodiles Haribo, le jeudi le linge frais, le vendredi le chocolat chaud, le samedi la pomme verte et le dimanche l'herbe coupée. »

– Ça me parle, confia Adeline avec un sourire ravi.

– Ah oui?

– Moi, je vois les jours en couleur. Par exemple, le mardi est bleu, le jeudi vert… En fonction de mon humeur, les nuances changent. Il y en a toute une gamme!

– Comme pour le piano, commenta Agathe avec un clin d'œil, même si Adeline ne le verrait pas.

– Voilà.

– C'est de la synesthésie, expliqua Agathe.

– Synes-quoi ?

– De la synesthésie. Le fait de lier… comment dire ? Des impressions sensorielles différentes. Comme dans le poème *Voyelles* de Rimbaud. Tu connais ?

– Non…

– Il associe une couleur à chaque voyelle. Je te l'apporterai la prochaine fois, si tu veux.

À la fin de la séance, Adeline serra la main d'Agathe, heureuse. Ses doigts avaient effleuré les feuilles volantes rassemblées par la jeune femme. S'était-elle rendue compte de la supercherie ?

Mais Adeline ne dit rien et Agathe accompagna la jeune fille jusqu'à l'accueil de l'association. Elles se dirent au revoir puis Adeline s'éloigna lentement dans la rue, sa canne dansant sa petite danse particulière, un peu à la manière du métronome qui scandait ses morceaux de piano. Agathe ne vit pas le sourire qui se dessinait sur ses lèvres. Elle n'entendit pas les rouages se mettre à tourner dans son crâne.

Une prison dans la prison

Le réflexe était humain, pourtant. Quand il avait vu ce codétenu s'effondrer par terre puis s'agiter de soubresauts, Cédric avait tout de suite pensé à une crise d'épilepsie. Il s'était approché pour le mettre en position latérale de sécurité, en attendant un infirmier. Le surveillant arrivé sur les lieux lui avait ordonné de rentrer dans sa cellule mais il s'était obstiné, accroupi pour rouler la victime sur le côté.

– Dans ta cellule! avait encore aboyé le maton en le repoussant avec sa matraque.

Cédric était passé en commission de discipline pour violation du règlement. Il avait eu un avocat commis d'office. Dans la pièce ric-rac, il s'était tenu debout derrière une barre de tribunal, devant le directeur de la prison et ses deux assesseurs. La sanction était tombée, crue: une semaine au mitard pour refus d'obéissance.

Le QD ou quartier disciplinaire était une prison dans la prison, avec double grille à l'entrée de la cellule pour la sécurité des surveillants. Il y avait été maintenu seul vingt-trois heures sur vingt-quatre, sans télévision ni radio. N'avait eu droit à aucune activité, ni affaires personnelles, à part quelques vêtements bien sûr. Lui qui ne fumait pas n'avait même pas la clope pour se changer les idées et passer le temps.

Il se sentait parfois comme un cabot bouclé à l'étroit. Mais la superficie de son cachot était inférieure à la taille réglementaire des cages de chien de chenil, comme le lui avait confirmé un maton d'un ton rigolard. À peine s'il voyait un peu de lumière naturelle. Seuls équipements : des WC pas cloisonnés, une tablette et un lit scellé au sol. Seule bouffée d'oxygène : la promenade, une heure par jour, dans une petite cour individuelle, grillagée.

Il était ressorti de là avec des hallucinations et des acouphènes.

Les rudes travaux des champs

Les parents de Jeanne, Pierre et Sidonie, avaient voulu épargner sa blondeur et sa douceur – ils pouvaient se le permettre car ils possédaient une petite exploitation, et Jean, le frère aîné de Jeanne, aidait à la ferme. Quant aux parents de Gaston, avec tous leurs hectares et leurs longs sillons de terre riche, ils faisaient figure de propriétaires terriens.

Mais en s'installant avec son mari, Jeanne allait radicalement changer de vie. Les saisons passaient, rythmées par les rudes travaux des champs, dos courbé sur la terre, quel que soit le temps : semis, repiquages, récoltes dans la poussière ou la boue… Elle avançait sous le joug, tête baissée mais front volontaire. Le soir, elle s'endormait les muscles raidis par l'effort.

Jeanne volait tout de même une heure ici et là pour aller rejoindre les frênes au fond d'un champ, où le bruissement des frondaisons emplissait tout. Elle s'asseyait dos à un arbre, l'herbe fraîche lui piquait les cuisses. Puis elle levait la tête et regardait les milliers de feuilles se frôler, s'éviter, danser dans un ciel où moutonnaient les nuages. Quand on s'étonnait de son absence, qu'on s'époumonait à l'appeler, elle revenait à l'instant présent, mais l'évasion avait séché son chagrin, calmé sa colère.

Sa vie tout entière serait-elle consacrée à la besogne, la traite matin et soir, les choux à repiquer, le foin à rentrer, les betteraves à récolter, le bois à scier ? Était-elle condamnée aux doigts gelés et à la peau tannée, aux reins cassés ?

Le raccommodage des chaussettes avait fini par céder la place au travail délicat des draps patiemment brodés, au tricotage de la layette. Lise, son rayon de soleil, était arrivée un an après le mariage. Responsable d'un petit être, Jeanne allait gagner en assurance. Mettre fin à son existence de labeur avec l'embauche d'un ouvrier agricole. La dépense avait fait grincer des dents à Émile, un sou qui rentrait à la ferme ne devait pas en sortir, mais Jeanne avait tenu bon et Gaston l'avait soutenue, faisant valoir qu'avec l'accroissement du cheptel, ils fournissaient davantage de lait à la laiterie.

Déployer ses antennes

L'ouvrage au titre un peu ésotérique, *Les Clés d'une vie nouvelle*, d'une obscure Nathalie Poudrier, trônait sur son chevet, au-dessus du *Livre de l'intranquillité* dans lequel Lise se plongeait tous les soirs, picorant à droite et à gauche. Qui avait posé là ce manuel de développement personnel ? Jeanne ?

Les clés d'une vie nouvelle… Mais elle ne voulait pas d'une vie nouvelle ! Elle voulait apprendre à composer avec la sienne. Mieux négocier les virages. Pas question de jeter le bébé avec l'eau du bain !

Elle lut quand même le guide en diagonale dans son lit, il avait le mérite de la faire bâiller car il était beaucoup question de bonheur ; un bonheur tout ou rien, en bloc – comme si on pouvait l'acheter au poids dans un magasin qui s'appellerait Félicité. Cette injonction relevait du diktat aux yeux de Lise, elle préférait revendiquer le droit de se sentir triste, en colère, de pleurer, d'emprunter de temps en temps l'ascenseur émotionnel. Ça lui paraissait plus sain. Et puis, chercher à tout prix à être heureux, n'était-ce pas un peu égocentré à l'heure où la planète brûlait ?

Elle se fendit de plusieurs coups de fluo pour saluer la charitable intention de sa « mystérieuse » bienfaitrice, corna quelques pages et, finalement, réprima l'envie de balancer le livre contre un mur, même si ça, ça lui aurait fait du bien. En proie à une overdose de couleurs pastel et de bons sentiments, elle éteignit sa lampe de chevet. Tout ce melting-pot d'idées tourna dans sa tête pendant la nuit pour donner une sorte de bouillie au réveil, un truc pas très comestible. Ce guide lui avait au moins révélé une chose: ce qu'elle ne voulait pas.

Lise n'avait pas envie de faire partie d'une espèce de secte béate, de suer en rythme avec d'autres corps, d'ingérer des litres de thé vert, de se lever à une heure indue pour saluer douze fois le soleil, de visualiser ses objectifs, de s'inscrire à un cours de rire, de manger du pain à l'épeautre, de prendre un bain de gong ou de se préparer un abominable jus vert pour détoxifier son organisme. La seule idée de s'investir d'une de ces façons l'épuisait. Elle préférait largement se former sur le tas. Au contact de Jeanne, d'Agathe, de ses élèves. De certains collègues. De la bouchère du quartier, une vraie philosophe selon qui ça ne servait à rien de « s'essorer la cervelle ». Qui conseillait du foie de veau contre les coups de mou.

Grâce à Anne qui lui insufflait tous les espoirs, Lise se remettait à déployer ses antennes, à capter des vibrations. Histoire de faire son miel de tout ce qu'elle voyait, tout ce qu'elle entendait. Ses écoutilles étaient restées fermées beaucoup trop longtemps!

Deux jours à tourner en rond

Deux jours qu'il tournait en rond, le cœur dans la gorge. Gustave n'était pas venu au Lavomatic ce jeudi-là. Le vendredi, Cédric avait séché le cours de savate pour retourner à la laverie, pensant que le vieil homme avait pu se tromper de jour. Il avait attendu trois heures, espérant voir sa haute silhouette voûtée et son imperméable gris à travers la porte vitrée. Mais non, toujours pas de Gustave. Il gambergeait, s'en voulait : pourquoi ne pas avoir demandé son adresse ? Ou son numéro de téléphone au moins ? Gustave était si fidèle, si montre en main, qu'il avait sans doute eu un empêchement de taille. Peut-être un grave problème…

Comment avoir de ses nouvelles ? Dans les films, les gens appelaient la police et les urgences à tour de bras. Remuaient ciel et terre. Il ne se sentait pas de le faire. Une espèce de superstition enfantine le retenait, il ne voulait pas mettre le malheur en branle.

Et puis, le samedi après-midi, l'illumination.

Ni une ni deux, Cédric avait sorti la Golf du garage. Tant pis pour le risque, Gustave valait bien ça. Prendre le train ? Trop long. Maintenant qu'il tenait son idée, il était sur le gril. Il se força quand même à respecter les limitations de vitesse. Ne pas attirer l'attention…

Le trajet lui parut durer des jours. Les minutes s'étiraient, indifférentes. L'autoradio ne passait que des airs sirupeux, de la musique d'ascenseur, et sans chercher à changer de station, il l'éteignit brusquement, excédé.

Vers quatorze heures, il sonnait à la porte de La Bicoque. Lise lui ouvrit, un tablier rouge sur l'épaule, interloquée.

– Oui ?

– Bonjour, je m'appelle Cédric. Je cherche Gustave.

– Ah ? D'où le connaissez-vous ?

– Du Lavomatic... Il n'est pas venu jeudi. Je me fais du mouron.

– Mais qui êtes-vous pour lui ?

– Un ami.

Lise fronça les sourcils. Ce gamin se moquait d'elle ? On lui pressait le nez, il en sortait du lait : il devait y avoir soixante ans d'écart entre le vieil homme et lui. Mais Anne lui chuchota que l'amitié n'était pas une question d'âge. Qu'il y avait des affinités souterraines, qu'on ne s'expliquait pas. Et elle décida de faire confiance.

– Eh bien, commença-t-elle après un silence qui parut abyssal à Cédric. Gustave a eu... un accident. Un infarctus. Il a été opéré en urgence, mais rassurez-vous, il va mieux. Ma mère est avec lui.

Des mains noueuses et ridées

Voilà donc à quoi ressemblait Jeanne... Gustave parlait souvent d'elle, sans jamais avoir évoqué son apparence. Cédric vit d'abord ses mains. Des mains noueuses et ridées mais belles, accrochées à la main pâle de Gustave qui reposait sur le lit d'hôpital, touchante d'abandon. Jeanne avait une masse de cheveux blanc neige qui lui faisaient comme une couronne. La peau de son visage rond et de son cou était sacrément plissée, et il émanait d'elle une grande douceur. On devinait la mamie gâteau, mais une mamie qui ne s'en laissait pas conter.

Cédric avait frayé avec tant de gens qu'il se trompait rarement quand il jugeait quelqu'un au premier coup d'œil. Beaucoup de personnes émettaient une espèce de vibration colorée renseignant sur leur caractère, leur humeur, leurs intentions. Ceux avec qui il s'était battu dégageaient des ondes marron ou noires. La vibration de Jeanne, améthyste, révélait bonté, tempérance et ouverture d'esprit; il espérait qu'elle ne le décevrait pas.

Sur le pas de la porte, il se faisait l'effet d'un grand con avec son bouquet criard, acheté dans le hall. Il allait repartir – il avait pourtant bravé les couloirs interminables, les murs jaune sale et surtout cette odeur pénétrante, reconnaissable entre mille –, lorsque Jeanne, alertée par le crissement de ses baskets sur le sol en plastique, se retourna :

– Cédric, c'est ça ? Lise m'a prévenue.

Une demi-heure plus tard, Cédric était rassuré. D'accord, Gustave avait le teint froissé, couleur papier de cigarette, mais il souriait et sa respiration soulevait le drap avec la constance d'une voiture dans un rallye de régularité. Il ne souffrait pas non plus, et lui raconta :

– C'est mercredi que j'ai eu mal. L'impression qu'un géant s'amusait à me broyer la poitrine. Et puis, cette douleur dans le bras gauche… Atroce. J'étais à l'appartement, j'ai tout juste pu appeler une voisine et je me suis écroulé. Pour le reste… J'étais dans le coaltar la plupart du temps.

– Tu as eu de la chance, lâcha Jeanne d'une voix frêle.

– Oui, j'ai de la chance. J'ai de la chance depuis que je t'ai rencontrée.

Désormais, en plus de Jeanne, une petite pile en lithium faisait battre son palpitant boiteux.

Autour d'un petit verre de digestif

Si Gustave devait choisir entre les deux gynécées? Il préférait de loin la décoration de bric et de broc de La Bicoque, plus chaleureuse. L'appartement présentait un aspect plus policé. Un peu trop sage à son goût. Enfin, hormis les piles de livres qu'il fallait enjamber ou contourner. Les plumes que perdait Kéké, les poils que Schopenhauer abandonnait derrière lui. La meulière avait une âme. On sentait le passage des ans, le passage des gens. Le passage des mains sur les meubles. Et, veillant sur tout ça, le regard bienveillant de Double-Mémé Odette, depuis les nuages.

Jeanne lui avait raconté les moments passés avec elle. Il y avait au fond du jardin un enclos grillagé, et dedans des poules rousses qu'elles nourrissaient au grain, avec le geste ample du semeur. Odette avait des lunettes violettes accrochées à une chaîne dorée, elle vous regardait par-dessus en fronçant les sourcils parce qu'elle voyait flou. Mais elle voyait net dans votre cœur. Elle coupait le pain en tenant la miche contre sa poitrine. Des tranches énormes. Elle leur préparait des plats généreusement mitonnés: poule au pot, bœuf bourguignon, blanquette de lapin, ragoût d'agneau, sauté de porc à la bière, carbonade flamande…

Chaque dimanche partagé devenait jour de fête, elle mettait les petits plats dans les grands, sortait la belle vaisselle en porcelaine de Limoges, celle avec les fleurs jaune et bleu, la carafe à décanter, la bonne bouteille. S'asseyait à table sans prendre le temps de dénouer son tablier, servait des portions gargantuesques. Insistait pour qu'ils en reprennent. Picorait comme un oiseau. Après le repas, tandis que Lise sortait jouer et que Gaston montait ronfler à l'étage, Jeanne et Odette discutaient autour d'un petit verre de digestif. Elles sirotaient, économes, n'en proposaient pas à Gaston : il ne restait plus que deux bouteilles de la liqueur de noix distillée par une grand-tante décédée depuis, dernier bouilleur de cru de son village. L'alambic en cuivre trônait d'ailleurs dans un coin du salon. Elles parlaient de la pluie et du beau temps, des voisins, puis la conversation prenait un tour plus confidentiel. Elles baissaient la voix, au cas où. Leurs têtes se rapprochaient.

Ainsi, Odette savait pour les infidélités de son fils. Ses coups de sang intempestifs, sans raison apparente. Sa radinerie. Elle secouait la tête d'un air désolé, posait sa main sur celle de Jeanne. Ce simple contact aidait celle-ci à passer l'éponge. Jusqu'à la fois suivante. Pour autant, pas question pour Odette de dénigrer Gaston. Son fils il était, son fils il resterait. Lorsqu'il se levait de sa pesante sieste, se frottant le ventre avec satisfaction, elles quittaient leurs chaises paillées ; Odette époussetait son tablier rayé, comme pour chasser les mauvaises ondes, elle se signait même et Jeanne se sentait ragaillardie.

L'esprit de conquête des murs

Un jour, Marcia baisserait la garde et les murs l'avaleraient, la digéreraient dans leur ventre de pierre, elle s'en persuadait. Ils la cernaient, se rapprochaient pour la happer ; la bataille était presque perdue. Sans avoir pris les mesures de l'appartement, elle soupçonnait les pièces de rapetisser avec une lenteur étudiée.

Les murs de la cuisine se montraient particulièrement sournois, tortueux malgré une rectitude de façade. Habillés d'une couleur pimpante, deux couches d'une peinture satinée lessivable, ils tentaient de donner le change mais la jeune femme ne s'y trompait pas, oreille dressée lors des repas pour épier le crissement qui trahirait la maçonnerie glissant sur le carrelage.

Les jours de découragement, Marcia se demandait quel mal il y aurait à baisser les bras, accepter l'issue fatale, laisser l'ouvrage s'accomplir. Engloutie par son deux-pièces, la belle affaire ! La fin, incongrue, n'était pas nécessairement absurde. S'en remettre au mur qui prendrait les décisions.

Une nuit, Marcia s'était réveillée avec l'envie de boire un verre de lait. Dans la cuisine, elle s'était figée. Il ne lui avait fallu que cinq pas, et non six, pour passer de la porte au réfrigérateur. Elle avait parcouru la courte distance en sens inverse, fait plusieurs fois l'aller-retour. La porte du frigo restait entrouverte, bâillement perplexe.

Surtout, garder la tête froide. Elle n'avait donc pas tout imaginé ? Prendre des repères pour connaître le fin mot de l'histoire. Par terre, sur le carrelage blanc, le long du mur de droite, Marcia avait tracé un trait de feutre rouge.

Le lendemain matin, le trait était aussi brouillé que son teint.

Les événements se précipitaient : dans sa chambre, un objet placé contre le mur du fond se retrouvait au milieu de la pièce, solitaire. La paroi, elle, avait repris sa place le matin venu. Sans qu'elle ait entendu le moindre bruit. Quant à la table de la cuisine, elle s'était rapprochée des placards. Marcia avait l'impression qu'elle la narguait.

Les murs avaient beau présenter un visage affable, arborer l'expression familière des fidèles compagnons, il en émanait une menace sourde. S'ils avaient possédé des yeux, ils auraient eu le regard mauvais et fuyant, s'ils avaient eu une bouche, ils auraient brodé des mensonges, aligné les hypocrisies.

En se couchant ce soir-là, épuisée par ses cogitations, Marcia avait pris une résolution ferme : non, elle ne baisserait pas les bras. Ils ne l'auraient pas, elle allait résister, elle ne renoncerait pas à cet appartement qu'elle adorait, elle n'allait pas… »

– *L'esprit de conquête des murs…* La nouvelle qui donne son titre au recueil, donc ? demanda Adeline.

– Oui. Et la dernière. La semaine prochaine, on entame autre chose.

– Ça me fait bizarre de quitter Marcia…

– Je sais. Moi aussi ! C'était presque devenu un membre de la famille. Mais l'autrice va peut-être publier un autre recueil.

– J'espère bien.

– En tout cas, désolée, je sais que tu n'apprécies pas trop les fins ouvertes…

– Celle-là n'est pas ouverte, elle est bien fermée au contraire ! se mit à rire Adeline. Pauvre Marcia, coincée à jamais.

– Oui, vu comme ça… Mais on pourrait aussi se dire qu'elle s'est endormie.

– Ou qu'elle est folle ?

Un bruit de toux derrière elles. Les fauteuils tournaient le dos à la porte, si bien qu'Agathe n'avait pas remarqué l'inconnu dans l'embrasure. Confuse et rougissante, elle bondit sur ses pieds, glissa les feuilles volantes dans sa besace en cuir. L'une d'elles s'envola, atterrit aux pieds de l'homme. Il la ramassa, y jeta un bref coup d'œil puis s'approcha et la tendit à Agathe qui la fit disparaître dans son sac.

– Tenez.

– Ah, c'est toi, papa ! fit Adeline. Agathe, je te présente mon père. Papa, c'est Agathe, je t'ai déjà parlé d'elle, tu te souviens ?

– Et comment ! Ta lectrice attitrée, fit l'homme avec un petit sourire amusé. Bonjour.

– Bonjour.

– Dis-moi, Adeline…

– Oui, papa ?

– Tu vas être contente. Ça y est, j'ai les billets !

Adeline se tourna vers Agathe, radieuse :

– Je vais donner un récital avec d'autres élèves du cours de piano. Je t'invite !

Du changement dans l'air?

Rudi était venu l'aider à démonter le capot à redresser. Certaines tâches ne pouvaient s'effectuer qu'à deux… Au début, Cédric avait craint le couteau dans le dos, ou plutôt le retour de manivelle. Il se préparait à encaisser sans riposter. Il avait trop à perdre. Seulement l'attaque ne venait pas et il s'était dit qu'avec un peu de chance, on lui réclamerait juste un coup de main en échange. Rien n'était gratuit, dans la vie.

À bien y réfléchir, Rudi au moins ne l'avait jamais poursuivi de ses railleries, il restait en retrait quand Fred et Benco montaient au créneau. Si on voulait rester optimiste, les lignes commençaient à bouger. Il y avait peut-être du changement dans l'air. Du mieux pour sa pomme. Et il se surprit à siffloter en remplaçant les essuie-glaces de la Renault arrivée au garage le matin même.

Des envies de Paris

Émile était mort jeune, à soixante-cinq ans. On l'avait retrouvé gisant dans un champ de pommes de terre, foudroyé par une crise d'apoplexie. Son fils Gaston, estimant qu'il avait assez trimé, était d'avis qu'il fallait vendre la ferme, les terres et le matériel agricole – on lui avait fait une offre sérieuse –, mais sa mère résistait. Atrabilaire, il avait piqué une des colères homériques dont il avait le secret, et Odette avait battu en retraite.

Le document signé, la vente conclue tambour battant, elle lui avait donné une partie de son héritage et il avait pu satisfaire ses envies de Paris, d'une vie qu'il imaginait plus éclatante. Moins mesquine et laborieuse.

Jeanne et lui avaient emménagé dans un élégant bâtiment Art déco, ce qui leur permettait de se rapprocher de Lise qui venait de décrocher un poste d'enseignante. Odette, elle, ne se sentait pas l'âme d'une citadine. Elle avait eu le coup de cœur pour sa meulière en proche banlieue. L'affaire était pliée en une semaine.

Quant à Gaston, s'il était à sa place au milieu de ses champs, un outil à la main ou perché sur son tracteur, Jeanne le trouvait emprunté en ville, marchant à côté de ses croquenots. Il avait toujours un temps de retard, comme s'il ne possédait pas les codes. Décalé dans un monde qui avançait à bride abattue, il se raccrochait à sa sempiternelle casquette à carreaux. Incapable d'obéir à l'ordre du jour de son époque, il se laissait aller, les cheveux et la barbe incultes. La greffe ne prenait pas. Jeanne, elle, s'était vite faite à sa nouvelle vie. Elle s'y sentait comme un poisson dans l'eau, heureuse de pouvoir aménager et décorer son espace.

Jeanne avait toutes les patiences pour Gaston qui lui prenait souvent le museau, adoptait un ton vinaigre comme s'il lui reprochait un déménagement qu'il avait voulu. Il avait fini par se ressaisir et s'adapter de son mieux, optant pour une vie assez casanière, pour ne pas dire pantouflarde. Hormis la tournée des veuves… Avec l'argent d'Odette, ils avaient de quoi voir venir et il s'était installé dans son existence, satisfait de lui-même, figé dans ses certitudes et ses nouvelles habitudes.

Des madeleines en cachette

Jeanne allait souvent soulever l'épais matelas de Lise. Après le départ de sa fille, elle s'installait sur son lit et lisait les nouvelles entrées de son journal intime. Parfois elle dégustait des madeleines et, en partant, veillait à bien lisser le boutis indien et à ramasser les miettes dans le creux de sa main.

« Je repense à ce guide de développement personnel qui a atterri sur mon chevet. À cette tyrannie de la pensée positive, à la litanie de la méthode Coué qui me donne des boutons. J'ai décidé de bricoler mes propres outils. Tant pis s'ils sont rudimentaires. Il n'y a pas de solution cousue main, de toute façon. Première étape, privilégier la liste des choses faites à celle des choses à faire. Je préfère me réjouir le soir de ce que j'ai accompli. Fini de culpabiliser devant l'étendue de ce qui reste. »

« J'ai pour ambition de rédiger une liste des "J'aimerais". Des chantiers à venir. Je peux déjà l'entamer. J'aimerais arrêter de me ronger les ongles. Mettre mes angoisses en sourdine. Je voudrais aussi ne plus subir de déflagration existentielle, ne plus affronter les bourrasques sans ciré. Ne plus fondre en larmes dans mon bain sans raison identifiable. Quand on

s'immerge, les émotions remontent. J'ai des moments de joie, mais ils ne jouent pas les prolongations comme quand j'étais gamine. Je crois que je suis nostalgique. J'ai entendu une émission à la radio, l'autre jour. Un sociologue y expliquait que les enfants vivent dans l'éternité ; que l'âge adulte, c'est la chute dans le temps. L'image me parle et traduit bien ce que je ressens. »

« Je me demande quelle mère je suis pour Agathe. Je gratte ma conscience, je cherche des fils à tirer. Je repense à ces instants semés, comme des petits cailloux blancs, sur les chemins de la mémoire et du cœur. Je m'y empêtre. Je crois que pour sortir du flou, il faudrait d'abord que j'entre en coïncidence avec moi-même. Si cela veut encore dire quelque chose. »

« Je continue à faire des rêves rouges. J'y mange des tomates, des poivrons, de la viande saignante. J'ai même croisé Kéké en petit costume de général anglais, comme Joli-Cœur, le capucin de Sans famille. *»*

Ce jour-là, Jeanne sourit en songeant au manuel de développement personnel qu'elle avait posé dans la chambre de Lise. Malgré son aversion pour les conseils qui s'y trouvaient, il avait au moins eu la vertu d'enclencher une réflexion salutaire.

Piqué de curiosité

– Vous écrivez, je me trompe?

– Quoi?

– Adeline m'a raconté pour les feuilles volantes. Et j'en ai vu une de mes propres yeux.

– C'est-à-dire que…

– Ces textes que vous lisez à ma fille, ils sont de vous.

Ils étaient installés au premier rang. Parfaitement centrés par rapport à la scène. Au milieu de cette foule élégante, Agathe se sentit piégée. Elle n'allait quand même pas se lever, traverser toute la salle sous les yeux curieux et sortir de l'opéra sans autre forme de procès. Rater le récital d'Adeline… Et puis, Xavier (il lui avait demandé de l'appeler par son prénom) ne connaissait pas sa mère. Rien ne filtrerait. Elle pouvait encore choisir le moment de raconter à Lise les heures volées à écrire. Ses ruses de Sioux pour ne pas être découverte avant l'heure.

Il ne servait à rien de nier. Alors elle hocha juste la tête.

Mais soudain:

– Je ne serais pas un éditeur digne de ce nom si je ne demandais pas à les lire.

Elle se mit à bafouiller. Pourtant, elle avait désiré plus que tout qu'un œil aguerri la lise. Qu'on lui donne un avis sur ces mots qui traversaient son corps. Remarquant son trouble, Xavier posa une main rassurante sur son bras.

– On en reparle tout à l'heure.

Déjà, les lumières s'éteignaient. Un silence empesé descendit sur la grande salle, sous les lustres lourds.

Différents élèves se succédèrent, concentrés, parfois trop appliqués. On entendit la musique de Mendelssohn, Chopin, Liszt et Schubert se déployer dans l'espace. Puis le tour d'Adeline arriva. Vêtue d'une longue robe noire à fines bretelles, elle s'assit au bord du tabouret, comme en apesanteur. Elle paraissait d'un calme olympien. Elle se mit à jouer, une Gnossienne de Satie à la poésie hypnotique. Agathe était assez près pour s'apercevoir que les ailes de son nez frémissaient. Mais bientôt, elle oublia jusqu'au jeu de son amie, se laissa emporter par la magie du moment. Devant les gestes d'Adeline, légers comme une plume, une grande paix vint l'habiter et elle appuya la tête contre le dossier, ferma les yeux.

Elle voulut se sauver après le spectacle, non sans avoir chaudement félicité Adeline, mais le père de celle-ci insista pour qu'ils prennent un verre dans le foyer. Une salle opulente, intimidante, tout en tentures, moulures et dorures. Les gens autour d'eux discutaient avec naturel comme s'ils passaient leur vie en veste à queue-de-pie, en tenue de soirée en plein après-midi. Agathe, elle, ne touchait pas à son verre de jus d'orange et n'arrêtait pas de tirer sur sa robe de velours violet. Elle l'avait louée pour l'occasion dans une boutique de farces et attrapes qui proposait aussi des déguisements.

– Pour en revenir à notre discussion de tout à l'heure…

– Ça me met un peu mal à l'aise, osa Agathe.

– Je ne voudrais pas vous brusquer, mais l'échantillon que j'ai entendu l'autre jour a piqué ma curiosité. Et dans ces cas-là, je ne lâche pas le morceau.

– Je ne sais pas si…

– Qu'est-ce qui vous retient ?

Un ange passa. Puis, à sa grande surprise, d'une voix fluette, Agathe lâcha :

– Bon, d'accord.

Quitte de sa dette

Manolo se trompait, Cédric ne s'excusait pas d'exister quand il baissait les yeux devant Fred et Benco, c'était un réflexe acquis pour cacher la hargne qui électrisait son regard. Il brûlait de vivre au contraire, et il attendait son heure. En alignant les heures sup, en mangeant ses raviolis à même la boîte, en s'installant sur un banc des quartiers chic pour voir circuler les belles bagnoles et écouter les moteurs ronfler. Il ne dédaignait pas non plus les jambes des filles. Un jour, c'est lui qui ferait tourner les têtes dans sa Golf GTI.

En parlant de bruit, il n'oublierait pas de sitôt celui des serrures automatiques. Des coups contre les portes métalliques qui résonnent, même la nuit. Il était arrivé entre deux gendarmes, au sortir du tribunal. Il avait rapidement eu droit au comité d'accueil : psychologue, conseiller d'insertion et de probation, infirmière et surveillants venus le jauger. Décider de son affectation en cellule. On lui avait demandé s'il avait des pensées suicidaires, il avait affirmé que non. C'était vrai.

Son quotidien était rythmé par les gamelles, les portions n'étaient pas énormes, souvent pas cuites. Quand la distribution tardait, elles arrivaient froides. Il pouvait cantiner pour améliorer l'ordinaire, bien sûr, il y avait tout un catalogue de produits tentants, mais avec les quatre-vingts euros qui garnissaient son compte de prisonnier, il n'était pas allé loin. Il attendait les promenades aussi, même si elles lui donnaient toujours l'impression d'être un clébard tournant dans sa cage. Quant au sport, il s'était mis aux pompes comme tout le monde. Comme à la télé.

Il aurait voulu travailler mais les places étaient chères. Pourtant, même à trois euros quatre-vingt-sept de l'heure, il aurait aimé s'occuper les mains. Il s'était rabattu sur les cours, où deux pelés et trois tondus, de niveaux très différents, cherchaient à tuer le temps eux aussi. Par bonheur, il y avait eu la formation mécanique, qui lui avait ouvert les yeux sur ce qu'il voulait faire en sortant – une révélation, même si l'atelier était purement théorique.

Sa cellule ? Spartiate, avec des lits superposés. L'eau du robinet était froide, les toilettes séparées du reste par un simple rideau de douche. Il partageait les lieux avec un jeune aux billes à fleur de tête, qui parlait beaucoup sans attendre de réponse, changeait sans arrêt de chaîne et grinçait des dents la nuit.

Son statut de « primaire », le fait d'en être à sa première peine, le fragilisait vis-à-vis de ses codétenus. Il avait coupé court à un max d'emmerdes en détournant le regard. Respecté de son mieux les consignes pour ne pas attirer l'attention des surveillants. Exception faite de son passage au mitard… Il ne fallait pas filer trop droit non plus, il valait mieux les charrier un peu dans leur dos pour ne pas être taxé de vendu, de collabo. La rébellion s'agitait en lui, mais il s'abstenait de participer aux feux de papier ; il la mettait sous cloche en lisant de la poésie empruntée à la modeste bibliothèque. Il parcourait les ouvrages en l'absence de son camarade de cellule. Le reste du temps, il les cachait sous son matelas pour éviter de passer pour une chiffe molle, ou pire.

Sa mère d'accueil était venue le voir. Il avait refusé tous les parloirs, alors elle avait fini par comprendre et ne plus venir. Cherchait-elle des réponses ? Pensait-elle qu'elle avait failli ? Il lui était reconnaissant de son implication, de son affection, mais ç'aurait été trop dur de sentir sur elle l'odeur de l'extérieur, ce vent de liberté. Il voulait garder les idées claires.

La prison lui avait mis du plomb dans le crâne. Il aurait pu prendre du grade entre ses quatre murs, tourner mal. C'était la solution de facilité, la pente qui le guettait. Il avait tenu bon. Hugo, Rimbaud et Bobin l'avaient accompagné, soutenu.

Il était ressorti avec le sac déposé en entrant. Il aurait bientôt purgé sa peine, espérait que la société le tiendrait quitte de sa dette.

La grande famille humaine

La cohorte des femmes hagardes, se lamentant et se frappant la poitrine, à la manière des pleureuses de l'Antiquité qui couvraient leurs cheveux de cendres, entra dans la salle communale mise à disposition par une mairie compatissante.

Assises en cercle sur des chaises inconfortables, les participantes du groupe de parole Les ménopausées anonymes dévidèrent la litanie des doléances : « J'ai des sueurs nocturnes, des sautes d'humeur, des décharges dans le bas-ventre, des fourmillements dans les extrémités, je manque d'énergie, je suis dépressive, irritable, ma peau et mes cheveux sont secs, je fais de l'incontinence urinaire, j'ai mal aux muscles, des maux de tête, j'ai pris du poids, j'ai la concentration d'un poisson rouge… »

Un vrai Bureau des récriminations, une petite cour des miracles.

Au milieu de cette cacophonie, à observer ces femmes démunies en proie à des douleurs jumelles des siennes, Lise se jura d'arrêter de s'agiter contre elle-même. Pure perte d'énergie !

Puis les prises de parole s'apaisèrent, et vinrent les conseils échangés pour se débarrasser de ses bourrelets, avoir des nuits plus sereines, mieux supporter les bouffées de chaleur. Les remèdes de grand-mère avaient de nouveau le vent en poupe, tout comme les produits faits maison. Certaines méthodes apparaissaient plus fantaisistes : l'une s'infligeait quotidiennement cinq cents sauts à la corde à sauter, l'autre s'enduisait le ventre de beurre de cacahuète et entourait le tout de film transparent étirable, bien serré.

Tous ces cerveaux mûrs et disponibles faisaient fantasmer Lise qui se disait qu'on pouvait sans doute, en mutualisant leurs névroses, faire advenir quelque chose de positif.

À la fin de la réunion, elles se regroupèrent, se tinrent par les mains et poussèrent leur cri de guerre (« Pas de pause contre la ménopause ! »), pour se rappeler qu'elles n'étaient pas seules et se donner le courage d'affronter leur adversité intime.

Était-ce Anne qui avait adressé les images de ce rêve à Lise ? Projetant sur sa rétine ce film réaliste ? Il lui suggérait en tout cas que, bon an mal an, elle faisait partie de la grande famille humaine.

Inventaire à la Prévert (2)

Paresser en pleine journée dans un bain avec beaucoup trop de mousse. Souffler dessus. Se prendre pour Marylin et chanter « Pou-pou-pidou »
Se balader dans un parc et fouler les feuilles mortes, prêter l'oreille à leur craquement, savourer l'odeur d'humus qui s'élève du sol
Déguster un fromage bien affiné
Faire la planche dans la piscine
Mettre trop de chantilly sur la crêpe
S'essayer au collage, déchirer et découper des magazines féminins
Craquer, devant la caisse, pour des oursons en guimauve ou des bonbons gélifiés
Sourire avec les yeux
Garder pour le lendemain le dernier chapitre d'un livre qu'on aime
Se servir d'un stylo-bille à pompon rose pour corriger les copies
Fêter un demi-anniversaire
Faire, pour une fois, quelque chose de « décadent » (prendre le thé dans un palace, sortir le grand jeu

rien que pour soi, laisser un pourboire de reine, quitter les lieux en tant que telle, en laissant derrière soi points d'interrogation et parfum de mystère)

Aller voir une exposition et se laisser happer par un tableau, s'y perdre

Sortir de sa zone de confort

Noter ses rêves dans un beau carnet

Faire des choses qui n'étaient pas au programme

S'acheter un joli marque-page alors qu'on en a déjà des dizaines

Lécher la cuillère de Nutella

Faire une bataille de polochons

Tenter de trouver de la beauté à ce qu'on juge laid

À la moindre contrariété

La meilleure maquilleuse de cinéma n'aurait rien pu pour lui. Aussi voyant que s'il clignotait en fluo, le gnon. Cédric passa la main sur sa pommette gauche, grimaça. Pas à cause de la douleur qui restait supportable, il en avait connu d'autres. Non, rapport au CPIP.

Il s'en tirerait à bon compte si le conseiller pénitentiaire à moustache de morse se limitait à un savon : « Le mitard te manque ? Les barreaux t'ont rien appris, on dirait. » En plus de la convocation chez le juge de l'application des peines, il risquait le retour en prison. Lui qui s'était promis de se tenir à carreau ! Seulement, certains jours, il en avait assez de ravaler les mots et les gestes brusques qui lui venaient. Ceux que la frustration voulait précipiter en dehors. Il fallait bien que la Cocotte-Minute relâche un peu la pression, non ? Il se tenait ce discours mais sentait bien qu'il sonnait faux. Il jurait comme une rengaine qui aurait fait son temps. Au fond de lui, il le savait : il ne pouvait pas distribuer des coups de poing, s'échauffer à la moindre contrariété.

Le type aux chaussures en cuir luisantes de cirage avait marché sur ses nouvelles baskets sans faire mine de s'excuser. Malgré ses bonnes résolutions, son sang n'avait fait qu'un tour et c'est sur *Louxor*, au moment où tout le monde dans la boîte de nuit hurlait « J'adooore », qu'il lui avait décoché une droite de derrière les fagots. Surprise, le gars avait du répondant. Ça lui avait plu. Ils avaient fini de s'expliquer dehors, à côté des poubelles. Cédric était reparti d'une démarche qu'il voulait blasée, laissant le type par terre, sonné.

Changer… En était-il capable?

Face à Gustave, il affichait un visage serein, une mer d'huile. Mais sous la surface les émotions se bousculaient, il sentait monter un désir forcené d'être accepté en bloc, avec ses bosses. Les coups qu'il avait encaissés, ceux qu'il avait donnés.

De plus en plus souvent, devant l'accueil bienveillant du vieil homme, il lui prenait l'envie de mettre cartes sur table. D'étaler son passé judiciaire en large arc de cercle, le geste généreux. Regardez, voilà ce que je suis.

Pourrait-il dire un jour: « Ce que j'étais »?

Ouvrir ses horizons

Lise reprenait goût à sa mission éducative. Certains profils se détachaient parmi ses élèves, elle préparait ses cours en pensant à eux. À présent, elle devait corriger ses copies. Elle s'y mettait, s'installant à la grande table, lorsqu'on sonna à la porte.

Elle n'attendait personne et ne connaissait pas l'homme planté sur le palier. Assez grand, cheveux poivre et sel un peu trop longs, nez très présent dans un visage doux, cravate mal nouée, décorée d'oiseaux exotiques. Il avait l'air… indécis. Le regard flou. Un représentant ? Mais en quoi ? Il y avait longtemps que les aspirateurs et les encyclopédies ne se vendaient plus en porte-à-porte.

– Oui ?

– Bonjour madame, je suis le père d'Adeline.

– Adeline ?

– Agathe lui fait la lecture. L'association Des yeux pour lire, vous savez ?

– Ah oui, bien sûr…

– C'est elle qui m'a donné votre adresse. Ma fille s'inquiète, Agathe n'est pas venue à leur rendez-vous de mercredi. Elle n'a aucune nouvelle.

– C'est normal, elle a fait une crise d'appendicite. On l'a opérée il y a deux jours.

– Oh !

– Elle va bien. Mais elle s'écoute si peu qu'elle a tardé à parler de ses maux de ventre et frôlé la péritonite…

Lise se rappela soudain les règles élémentaires de l'hospitalité.

– Je vous offre un café ?

– Volontiers, fit-il en entrant et en dénouant encore plus sa cravate.

C'est alors que Lise nota la pile de livres sous son bras. Il la déposa sur la table basse.

– Je suis venu avec ça. C'est pour Agathe.

Lise hocha la tête et alla préparer les boissons en cuisine. Revenue dans le salon, elle se pencha sur les livres. Des romans. Elle en prit un, lut le titre : *Le Chevalier sans tête*, le retourna pour parcourir la quatrième de couverture. Elle procéda ainsi avec chacun. Elle se sentait un peu encombrée d'elle-même, pas très Roumanoff, et feuilleter les ouvrages lui donnait une contenance face à l'homme qui sirotait son expresso.

– Tous de la même maison d'édition, remarqua-t-elle. Énéis… Connais pas.

– Ça ne fait que cinq ans que nous existons.

– Nous ?

– Je suis éditeur. J'ai fondé Énéis. On est spécialisés dans les domaines de l'imaginaire, de l'étrange et du fantastique.

Lise se taisant, il poursuivit, loquace :

– Malgré notre taille, on a quelques succès notables à notre actif. Par exemple, le space opera chinois que vous voyez là, *Mars attendra*, s'est vendu à plus de 10 000 exemplaires. Ça nous permet de publier des titres plus… confidentiels.

– Mais… Pourquoi apporter tout ça à ma fille ? s'étonna finalement Lise.

– Je veux qu'elle affine sa plume. Et le meilleur moyen de le faire, c'est de lire. De voir ce qui se fait. D'ouvrir ses horizons.

Lise restant muette, les sourcils en accents circonflexes, il reprit plus bas, décontenancé :

– Je trouve votre fille douée, vous savez. Son écriture est encore verte, mais ça se travaille. J'aimerais bien la guider.

L'éditeur avait bien senti le malaise, mais il ne se voyait pas prendre la poudre d'escampette aussi sec. Question de politesse. Alors il s'engagea sur un terrain moins glissant, changea de sujet.

Lise découvrit qu'il avait des goûts très éclectiques. Il pratiquait le grand écart entre heavy metal et correspondance de Flaubert. De son côté, elle lui avoua qu'elle ne jurait que par le cinéma de Scorsese et de Spielberg, mais ne dédaignait pas une comédie romantique de temps en temps. Et la discussion s'étira, s'étira… Les copies cet après-midi-là allaient rester sur la grande table, orphelines.

Les pieds dans le plat

Agathe ignorait que Xavier avait mis les pieds dans le plat. Éventé la mèche sans le savoir. Elle se remettait dans son lit d'hôpital, dans une chambre désespérément nue et blanche. Gambergeait.

Le langage possédait un pouvoir performatif, Agathe en avait la conviction : ce qu'elle écrivait venait à exister, se mettait à vivre – tout comme ce que racontaient les griots ou Shéhérazade finissait par se produire. Les récits étaient le fruit de l'imagination, et l'écrivain tendait la main pour les cueillir. Le monde était son verger.

Elle avait éteint la télé, bruit parasite. Les idées se pressaient, des phrases entières, et elle enrageait de ne pas avoir de papier. Elle en avait demandé aux infirmières, qui lui avaient dit de rester tranquille. Il ne fallait pas trop tirer sur la cicatrice. Sa mère était passée la voir ce matin-là, mais comment lui réclamer un cahier sans éveiller sa curiosité ?

Elle devait sortir le lendemain. En attendant, elle rongeait son frein. Essayait de contenir le flot. Faisait patienter Marcia qui piaffait, revenait à la charge.

Un ours en cage

Le lendemain de son rendez-vous avec le CPIP, Manolo jeta juste quelques mots à son arrivée, entre ses dents :

– Tu touches à rien aujourd'hui. Et tu me fous la paix.

Toute la journée, Cédric ne vit que son dos. Et les regards intrigués de Rudi, Fred et Benco. Dans celui de Fred, une joie mauvaise. Il se mit à tourner dans le garage comme un ours en cage, les bras ballants, ses mains réclamant le travail sans obtenir satisfaction. Il finit par s'asseoir sur un tabouret, et observer les autres. Le ballet des gestes rodés. Le soir, une fois les autres partis, Manolo le rejoignit enfin. Toujours écumant, les yeux en lames de rasoir, la voix cassante.

– Tu veux quoi, que je te reprenne la Golf ? Mieux, que je te vire ? Ne m'oblige pas à jouer du bâton et de la carotte. Tu dois rentrer dans les clous, tu risques bonbon à ce rythme-là. Je pensais que t'avais imprimé ! Encore un coup comme ça, et…

Manolo ne termina pas sa phrase. Pas besoin.

Il tourna les talons. Sa colère, lave en fusion, était à la mesure de son affection. Un sentiment né en prison quand, responsable de la formation de mécanique, il avait constaté l'investissement de Cédric, son envie de s'en sortir, sa soif intense d'apprendre. Contrairement à la majorité des autres qui voulaient surtout tuer le temps. Ce jeune-là était doué, il en redemandait. Et il avait dévoré les livres techniques que Manolo lui apportait.

C'est plus tard, en retournant voir le CPIP, que Cédric découvrit que le garagiste avait plaidé en sa faveur. Obtenu qu'on passe l'éponge. Mais c'était sa dernière cartouche, il devait faire gaffe à ne pas la griller. La politique de réinsertion n'avait pas le dos si large.

Un maelström de sentiments

L'éditeur avait laissé sa carte de visite.

– Dites à Agathe de m'appeler, vous voulez bien ?

L'homme parti, Lise rapporta les tasses dans la cuisine, en proie à un maelström de sentiments. Dominaient la surprise et l'incompréhension. La curiosité s'invitait, aussi. Alors, s'approchant de la table basse, elle regarda les livres de plus près.

L'objet était beau. Le format agréable en main. La charte graphique résolument moderne. Le logo, tout en bas du dos, représentait une petite pieuvre argentée, stylisée. Les illustrations, des xylogravures très soignées, collaient de toute évidence avec le contenu. Les pages étaient en papier recyclé, la couverture en carton recyclé, les encres végétales : ils avaient une démarche écoresponsable. *Un bon point pour eux*, pensa Lise.

Intriguée par *Distorsion*, elle prit le roman et alla le poser sur sa table de chevet, le glissant sous *Fragments d'un discours amoureux* qu'elle savourait à petites doses, au coucher. Puis elle se rassit sur le canapé, se passa la main dans les cheveux. Estomaquée.

Pourquoi Agathe leur avait-elle tu qu'elle écrivait ? Quelles résistances l'avaient poussée à se cacher ? Comment elle-même avait-elle pu ne rien remarquer ? Le travail fourni devait être assez avancé, puisqu'un éditeur l'avait lue.

Que ferait la Roumanoff en elle ? Jusqu'alors, elle s'était révélée une alliée. Et une bonne conseillère.

Comme une horloge

En accompagnant Gustave en banlieue, Cédric avait pu se rendre compte que la transmission restait souple, les vitesses s'engageaient très bien ; il n'avait pas noté de problème de rapport même quand il rétrogradait. Mais il avait relevé quelques points faibles : la Golf aurait dû avoir un côté accrocheur dans les virages, or il avait trouvé le comportement un peu mou et la suspension approximative. Quant à la pédale de frein, elle manquait de fermeté.

En mettant la voiture sur le pont, ce jour-là, il se demandait s'il y aurait d'autres surprises du genre… Comme il s'y attendait, les amortisseurs n'avaient jamais été changés, ils étaient complètement morts, et les silent blocs en mauvais état. Il y avait effectivement du jeu dans le train avant, il faudrait lui redonner du mordant s'il voulait défendre fièrement l'étendard GTI sur l'asphalte.

Pour ça, pas le choix, il était obligé de déposer entièrement le train roulant ; ce n'était pas une intervention difficile, mais un travail fastidieux compte tenu du nombre d'éléments à démonter. Après avoir désaccouplé la direction, il avait donc extrait les étriers de frein, puis les biellettes de direction et les têtes d'amortisseur. Les autres lui jetaient de temps en temps un coup d'œil, et au moment de déposer le train, il avait eu l'agréable surprise d'être aidé par Rudi qui, interrompant sa pause-déjeuner, avait maintenu le berceau.

Il avait ensuite tout démonté pour atteindre les silent blocs. Comme ils étaient pris en sandwich entre les différents éléments mécaniques, il allait falloir mouiller le maillot ! Effectivement, les caoutchoucs étaient tellement abîmés qu'ils faisaient carrément corps avec le train avant, si bien qu'il dut utiliser une presse pour les extraire. Il avait choisi pour les remplacer des kits en polyuréthane : plus durs que ceux d'origine, ils lui feraient perdre en confort mais il gagnerait en précision de conduite. Après tout avoir remonté, il régla les trains roulants.

Il avait décidé de remplacer les amortisseurs d'origine par des modèles typés sport. Ils étaient deux fois plus chers, mais lui procureraient plus de frissons au volant. Heureusement, côté trésorerie, il avait toujours les heures sup.

Le lendemain soir, à la laverie, il raconta les derniers progrès à Gustave.

– Le carter était gras, il y avait une sacrée fuite d'huile moteur.

– Pas bon, ça.

– Si on en perd beaucoup, le manque de lubrification pourrait endommager le moteur. J'ai dû faire une vidange complète du circuit, puis démonter le carter inférieur. Le joint était cuit, tu m'étonnes que ça fuyait !

Derrière eux, devant eux, le ronron familier des machines qui brassaient le linge. Sous leurs fesses, le métal d'un banc peu confortable. Après un court silence, Cédric reprit :

– Il y avait aussi un paquet de dépôt dans le fond du carter. Alors je l'ai bien nettoyé. Ça décrasse les muscles en même temps ! Avant de remettre un joint neuf, il faut bien enlever la vieille colle avec un grattoir, sans quoi on aura de nouveau un problème d'étanchéité. Après, on vérifie que la crépine n'est pas obstruée...

– La crépine?

– C'est par là que l'huile est aspirée pour être acheminée vers la pompe à huile, puis les paliers d'arbre à cames.

– Tu m'en diras tant! lâcha Gustave, noyé sous ce déluge d'informations.

Cédric se tourna vers lui, se moquait-il? Mais non, le vieil homme avait son bon sourire, son air bonhomme, et hochait la tête pour l'encourager à poursuivre.

– Si l'huile ne peut plus circuler, ça serre le moteur, tu comprends? Après j'ai placé le nouveau joint, et remonté le carter. Pour s'assurer que la pression sur le joint est optimale, on utilise une clé dynamométrique. Pour le couple, j'ai juste eu à suivre les indications constructeur.

Gustave sentait que le jeune homme aimait maîtriser le vocabulaire mécanique, il utilisait avec gourmandise les termes qui faisaient de lui un initié.

– Les indications constructeur... Ce qui veut dire que tu as pu récupérer le manuel de la voiture? avança-t-il, hésitant.

– Bien essayé, mais non! le taquina Cédric. J'ai acheté le guide technique sur Internet.

Puis, tapotant gentiment l'épaule gauche de Gustave, il s'enquit soudain:

– Et sous le capot, qu'est-ce que ça donne?

– Ça n'a jamais palpité avec autant de régularité! Jeanne me reproche d'en faire trop, mais je me sens... comme un sou neuf.

– Tu me fais penser à ma Golf: le compartiment moteur est propre, le ralenti stable, elle prend bien ses tours. Maintenant que j'ai fait la révision moteur, la voiture tourne comme une horloge!

Tu te souviens...

– Nanou, tu te souviens que tu m'avais parlé de ta vie de pêcheuse en haute mer ?

– Non…

– C'était en Alaska. Tu as embarqué sur un palangrier, tu t'es retrouvée dans un équipage exclusivement masculin qui ne te faisait pas de cadeaux.

– Un palangrier ? Comme c'est poétique… On dirait le nom d'un arbre exotique. Le cousin du palétuvier !

– La palangre, c'est cette grosse ligne le long de laquelle sont attachés des fils munis d'hameçons. Certaines peuvent atteindre plusieurs kilomètres ! Tu bossais dur malgré tes mains rougies et crevassées, attaquées par le sel, le froid et l'humidité. L'odeur entêtante des morues que tu éviscérais. L'inconfort des couchettes et le sommeil qui te fuyait. Ton visage n'était plus qu'un masque desséché. Tu bravais les bourrasques tête baissée, tes larmes se mêlaient aux embruns qui te giflaient. On te guettait au tournant, mais tu serrais les dents, et ton courage et ton obstination ont fini par forcer l'admiration d'hommes plus aguerris que toi. Au bout de quatre campagnes de pêche, tu as arrêté, mais cette expérience avait forgé ton caractère à jamais.

– Tu racontes si bien que je m'y croirais presque.

– Tu as eu toutes les vies, ma Nanou.

Agathe se disait parfois qu'elle exagérait. Que Jeanne n'était plus dupe depuis le temps. Mais elles ne faisaient de mal à personne, après tout, et si ces mensonges qu'elles goûtaient étaient consentis, partagés, ils en perdaient le statut de mensonges. Non ?

Une patience infinie

L'ouvrage témoignait d'une patience infinie et d'un amour inconditionnel du détail. Jeanne ne se lassait pas de passer les doigts sur les petites pièces en pâte de verre, assemblées sur un support carré d'environ trente centimètres de côté. On parlait de « tesselles », lui avait révélé Lise qui attendait le verdict à côté d'elle, bras dans le dos. Comme un élève anxieux que tombe la sentence du professeur. Voilà donc à quoi elle occupait ses mercredis après-midi ! Elle avait dû y passer des heures et des heures. Suer sang et eau. L'intention était si délicate, si précieuse, que Jeanne sentit son vieux cœur de mère fondre comme un chamallow au-dessus d'un feu de camp.

– Je l'adore, déclara-t-elle finalement, les yeux humides. Je vais l'accrocher dans ma chambre, et pas plus tard que maintenant !

La chouette blanche au regard en amande, insondable, avait les ailes déployées. Prête à s'envoler, elle portait des lunettes papillon, vieux rose.

Marcia et les espaces clos

Marcia ne supportait pas les entraves. Elle fuyait les pulls à col roulé, les cabines de douche et les ascenseurs. N'appréciait pas les coffrets-cadeaux, les tables gigognes et les matriochkas. Elle éprouvait un malaise similaire devant les pots de marmelade, les boîtes de sardines et les conserves en tout genre, comme si elle-même se trouvait cloîtrée dedans, et frémissait toujours au moment de refermer la porte du lave-vaisselle ou le hublot du lave-linge – répugnant à séquestrer, fût-ce le temps d'un programme court, couverts ou chaussettes sales.

Par extension, elle s'indignait qu'on appose des étiquettes dans le dos des gens, méprisait les préjugés, vilipendait les idées préconçues et refusait obstinément les expressions figées. Liberté avant tout! Elle ne voulait pas d'autre confiture sur ses biscottes à la fin du mois. »

Les lubies de Marcia s'écrivaient dans le désordre, sans perturber Agathe pour autant. Ainsi, elle avait rédigé le texte de clôture avec *L'esprit de conquête des murs*, et depuis, le recueil s'étoffait avec une belle régularité.

Son personnage continuait de multiplier les incongruités: préparait ses bagages pendant des heures pour renoncer sur le tarmac à prendre l'avion, choisissait soudain de ne plus manger que des aliments verts ou blancs, racontait des blagues à ses plantes pour les distraire, ou au contraire, décidait de ne plus parler des jours durant pour se purifier la bouche, même si un passant lui adressait la parole dans la rue. Par ailleurs, des figures secondaires avaient fait leur apparition – leur comportement consensuel creusant le fossé entre l'héroïne et une normalité qui lui faisait horreur.

Agathe s'inclinait devant la volonté farouche de Marcia, lui prêtait deux oreilles plutôt qu'une.

Elle ignorait comment s'appelait ce type de récit rassemblant des fragments de vie, tentative pour dresser un portrait-kaléidoscope de son personnage. La technique portait forcément un nom…

En attendant de le découvrir, il lui plaisait de penser que, comme sa mère, elle avait entrepris une mosaïque.

Autour du ficus

Agathe venait de rentrer de l'université. Elle semblait détendue. Lise, en total look rouge, décida de passer à l'action.

– Conseil de famille ! annonça-t-elle d'une voix ferme.

Jeanne quitta la cuisine, un torchon à la main.

Les trois femmes s'assirent autour du ficus, mais Lise se releva aussitôt, comme montée sur ressort.

– Je suis au courant, déclara-t-elle en sortant la pile des romans Énéis, cachée derrière des monographies d'artistes, dans la bibliothèque du salon.

Elle aurait pu laisser les livres en évidence sur la table basse, ou en apporter un à Agathe à l'hôpital, pour la sonder, guetter sa réaction. Mais elle avait choisi de les dissimuler, dans un premier temps. Spéculant sur ce qui motivait le silence de sa fille. Et puis elle voulait qu'elle se retape avant la mise au point.

Agathe ne manifestait aucune surprise. Grâce à Adeline, elle savait que l'éditeur était venu chez elles, que Lise était informée. Depuis, elle guettait le moment propice, faisait un peu l'autruche au fond, et c'était finalement sa mère qui prenait les choses en main.

– Tu écris, reprit Lise pour amorcer la discussion. Et depuis un bon moment, je pense.

– C'est vrai…

– Mais tu n'en as jamais rien dit. Pourquoi ?

– Je me suis longtemps posé la question. C'était flou. Il y a plein de raisons… J'ai du mal à faire le tri.

– On t'écoute.

Jeanne se taisait, assise au bord de sa chaise, penchée en avant, attentive à ce que Lise n'écorche pas son Agathe à son corps défendant.

– Pour commencer, je crois que je ne me sentais pas légitime. J'étais frileuse à l'idée d'être lue. De me mettre à nu en quelque sorte. J'avais peur du jugement et d'être blessée.

– J'ignorais que j'étais un tel tyran, glissa Lise d'un ton qu'elle voulait désinvolte.

– Tu sais, les paroles des proches font parfois mal, même s'ils n'ont pas conscience d'avoir décoché une flèche.

– Tu craignais que la critique, même bienveillante, te bloque ?

– Que le flot se tarisse, oui. Mais il y a peut-être aussi une forme de superstition…

– Je pense qu'il y a une autre raison, plus… souterraine, intervint enfin Jeanne. Tu n'as pas quelque chose à raconter à Agathe, Lise ? À mon avis, tu devrais… crever l'abcès.

– À quel propos ? demanda Lise.

– Tu sais bien… glissa Jeanne d'un air entendu.

Lise croisa les jambes sans s'en apercevoir, une attitude de défense. La Roumanoff en elle, qu'elle avait consultée, était d'avis qu'il fallait jeter un pont entre sa fille et elle. Lever les zones d'ombre. Mais comment parler de ce qui lui déchirait le cœur depuis si longtemps ? Fallait-il vraiment gratter la blessure ? Elle regimbait.

Et puis, devant l'attente qu'elle lisait dans les yeux d'Agathe, devant le soutien qu'affichaient ceux de Jeanne, elle se lança dans le vide :

– C'est une longue histoire…

– On a tout notre temps, assura Jeanne en se mettant à ôter, du bout des doigts, les petites feuilles racornies au pied du ficus.

Agathe, les mains posées sur les genoux pour contenir son excitation, fixait sa mère, le regard brillant.

– Ça remonte à dix ans, commença Lise d'une voix prudente. Tu te rappelles, Agathe, le départ de ton père ? Il m'avait planté un couteau dans le dos…

– Comment ça ? demanda Agathe.

– Tu te souviens que je planchais sur une thèse ? J'étudiais la place de la femme de quarante ans dans la littérature. J'avais fini par produire une étude richement argumentée, étayée de nombreux exemples éclairants. Elle s'est retrouvée sur une clé USB, la clé dans la poche du malfaiteur.

– Maman ! Oh non !

– François a beau être un brillant universitaire, il était en mal d'idées à l'époque. Ma thèse a finalement été publiée par un éditeur de littérature générale, elle a remporté un coquet succès, et François a creusé le sillon : il s'est tourné ensuite vers la femme de cinquante ans et ce sera bientôt, sans doute, à celle de soixante de passer à la casserole.

Lise se sentit vaciller en repensant à ce travail de longue haleine dont Jeanne était si fière que ses yeux étincelaient comme des gemmes quand elle expliquait à ses amies qu'elle ne comprenait pas des passages entiers du travail de sa fille.

– Une partie de moi s'est éteinte quand François a volé ma thèse.

Jeanne et Agathe, compatissantes, ne disaient rien ; il fallait laisser sortir les mots trop longtemps bridés. Agathe n'aurait pas pu parler si elle l'avait voulu, de toute façon : sa gorge était serrée comme si on avait noué une épaisse corde autour.

– Et puis… reprit Lise, dernièrement, le rouge a fait irruption dans ma vie. J'ai retrouvé une certaine énergie.

Elle se leva soudain, alla boire un verre d'eau en cuisine.

Jeanne en profita pour glisser à Agathe:

– Je ne t'ai rien dit parce qu'il me paraissait essentiel que les explications viennent de ta mère. Même si ces derniers temps, ça me démangeait de plus en plus. Et puis, je ne savais pas comment tu réagirais, tu aimes ton père. Je ne voulais pas le dénigrer. Te placer face à un conflit de loyauté.

Elle esquissa une moue désolée. Mais déjà, Lise revenait, la démarche un peu plus assurée. Elle se rassit, avec une petite caresse pour le feuillage du ficus.

Jeanne se redressa, s'éclaircit la gorge:

– Bon, moi aussi j'ai un aveu à vous faire… Je ne suis pas amnésique, je ne l'ai jamais été.

– Quoi? s'exclama Lise. Mais pourquoi?

Avant de se demander pourquoi sa grand-mère avait agi ainsi, Agathe fut submergée par une joie goulue: cela voulait dire que sa Nanou se souvenait de son enfance. Et de son adolescence.

Elle avait lu quelque part qu'il y avait un secret dans chaque famille, et se plaisait jusqu'alors à penser qu'elle était celle qui le détenait. Or, elles étaient trois à taire un secret: agissant en cachette, faisant semblant ou mentant par omission.

Une boulimie de création

Agathe, prise d'une boulimie de création depuis que Xavier l'avait lue, avait envie de goûter à tous les genres. L'écriture, vaste terrain de jeux, permettait tout. Fantaisies, acrobaties… Elle s'ensevelissait avec bonheur dans cette certitude, cristallisait dans son esprit sensations et impressions diffuses. Elle abandonnait sa main à l'écriture automatique. Brûlait de s'essayer au réalisme fantastique, imaginait un roman gothique façon XIXe, en crinoline et redingote, envisageait un recueil de nouvelles sur le thème de l'aliénation. Des contes fantastiques à la Poe. Un récit naturaliste à la Zola, qu'elle vénérait. Ou une histoire post-apocalyptique, aussi crépusculaire que *La Route*. Pourquoi pas!

Elle naviguait à vue en somme, avec, en figure de proue, Pessoa qui, aidé de ses doubles, entendait tout écrire, tout sentir, tout explorer. Tout vivre.

Les livres offerts par l'éditeur lui avaient également inspiré un embryon d'histoire qu'elle avait entrepris de développer. Elle ne s'était jamais essayée à la science-fiction mais s'embarquait dans l'aventure le cœur léger, sa maigre expérience en bandoulière. Elle ne serait pas seule et désarmée sur le chemin: Xavier l'escortait. Pour l'instant, il laissait galoper ses idées de chien fou sans lui dire qu'elle s'éparpillait.

Il lisait régulièrement ses textes, les lui rendait saturés de stylobille vert avec, sur le dessus, des Post-it où étaient couchés des conseils souvent nébuleux : « Rends tes yeux étrangers », « Investis ton côté moche », « Attention aux expressions chewing-gum », « Ne sors pas toute la clinquaille », « On voit les coutures ».

Agathe plissait les yeux, tournait les bouts de papier entre ses doigts, regardait derrière comme si la clé pouvait s'y trouver. Mais elle comprenait qu'il veuille parler entre les lignes plutôt que d'asséner des sentences qui auraient pu l'ébranler. Elle appréciait qu'il ménage son ego en construction.

Que lui aurait-il dit s'il s'était exprimé en langage non codé ? « Expérimente. » « Méfie-toi des évidences. » Ou encore : « N'abuse pas des figures de style et des images. » « Soigne les transitions. » Enfin, c'est ce qu'elle imaginait. Elle engrangeait dans son escarcelle, où elle rangeait aussi précieusement les conseils de Lise et les miscellanées de Jeanne et Gustave.

En fin de compte, elle collait les Post-it au mur, au-dessus de son bureau. Pour qu'ils continuent d'infuser pendant qu'elle travaillait. Quand un courant d'air faisait frissonner les petits papillons colorés, elle tendait l'oreille comme s'ils s'apprêtaient à lui chuchoter un secret d'État.

Un sérieux lifting

Les disques et les plaquettes étaient en bon état, mais les flexibles de frein d'origine, secs et craquelés, avaient fait leur temps. Il fallait les changer, et plutôt que de les remplacer par des flexibles en caoutchouc, Cédric avait choisi des durites aviation, beaucoup plus adaptées à une utilisation sportive. Le freinage allait gagner en efficacité.

Après avoir remonté les flexibles, il purgea les freins. Une opération pour laquelle il fallait être deux : l'un à la pédale de frein pour mettre le circuit sous pression, l'autre à l'embout de purge pour vérifier que tout l'air était bien extrait. Rudi, cette fois encore, lâcha son sandwich comme s'il n'y avait rien de plus naturel. Cédric le remercia d'un signe de tête appuyé. Ensuite, il vérifia que la pédale de frein était bien ferme. Nickel !

Il n'en restait pas moins que la voiture avait besoin d'un sérieux lifting : il y avait des bosses partout et quelques pocs. La carrosserie était griffée, le pare-chocs avant avait morflé, un gnon sur la jupe arrière avait été réparé sommairement. Bref, il fallait reprendre une bonne partie de la carrosserie et réaliser une peinture complète. Il allait sentir passer la rénovation esthétique…

Manolo l'envoya chez un carrossier qui accepta qu'il le regarde officier.

– Avant de débosseler, on décape la tôle, expliqua ce dernier. On la met à nu avec une ponceuse, il faut que toutes les traces de peinture aient disparu pour que les soudures au tire-clou puissent accrocher.

– Et comment ça fonctionne, ce fameux tire-clou ?

– On l'installe via une masse sur la tôle, pour qu'un arc électrique se crée au moment de la soudure.

Le carrossier alla chercher la machine, se positionna sur l'arête. Le pointeau vint se coller sur la tôle, et il la décolla simplement en tirant dessus.

– C'est l'effet de traction qui bosse pour nous.

– Pourquoi ne pas repousser la tôle avec un marteau ? demanda Cédric.

– À certains endroits, comme au niveau du passage de roue, c'est doublé, on ne peut pas y aller au marteau : on n'a pas d'accès.

– Je comprends.

– Après avoir tout débosselé, je disquerai les points de soudure pour enlever la surépaisseur. Et une fois la surface bien lisse, j'appliquerai du mastic aluminium.

– Aluminium ?

– Plus résistant que le mastic classique. Il sèche en cinq à dix minutes. Au final, je m'occuperai des finitions en ponçant à fond les surfaces traitées.

– Et direction la cabine de peinture ?

– Exact. On commence par mettre un apprêt avant de passer à la peinture proprement dite. Mais je préfère te prévenir, y'a du taf… Le noir, c'est piégeux, c'est la couleur la plus délicate à appliquer à cause des reflets.

Dans un grand élan

Après plusieurs jours durant lesquels les sentiments d'Agathe s'étaient télescopés, la joie de savoir que Jeanne n'était pas amnésique l'avait emporté sur l'indignation et l'incompréhension qu'elle ait menti avec autant de vergogne. Agathe avait décidé de tout pardonner, dans un grand élan. Car si sa grand-mère n'avait pas perdu la mémoire, cela signifiait qu'elle se rappelait son enfance à elle.

Les cracottes qu'elle lui tartinait de beurre
pour la récré.
Mon amant de Saint-Jean qu'elle lui chantait
avec des trémolos dans la voix.
Les « zut » qui la faisaient rougir.
Les chatouilles.
La boîte en bois avec le jeu de l'oie d'un côté,
celui de dames de l'autre.
Les chocolats chauds à la cannelle.
Les « jeux de mains, jeux de vilains ». Leurs prises
de bec pour de faux.
Les bêtises qu'elle lui pardonnait comme on passe
un coup d'éponge sur la nappe cirée.

La couverture qu'elle lui remontait jusque sous
le menton quand elle dormait chez elle.
Les blagues Carambar nulles qui les faisaient rire
comme des baleines.
Les rouleaux de réglisse avec le bonbon blanc dedans.
Sa main dans la sienne.
Et tout le reste. Tout le reste.

Restait la question des motivations – Agathe avait failli penser : du *mobile*. Jeanne devait avoir ses raisons, solides et profondes, qu'elle lui expliquerait le moment venu. Quant à elle, continuerait-elle de lui broder des vies ?

La dernière page lue

Agathe avait confié à sa mère son recueil, *L'Esprit de conquête des murs*. Qu'allait penser Lise de Marcia ? Agathe n'avait pu se résoudre à quitter la pièce et elle avait observé sa génitrice tournant les pages l'une après l'autre, guetté ses expressions sans être certaine de pouvoir décoder les sourcils froncés, le front plissé. La contraction des commissures de la bouche.

La dernière page lue, Lise ôta ses lunettes pour regarder sa fille dans les yeux.

– Cette technique que tu utilises, Roland Barthes l'a théorisée. On dessine un personnage à l'aide de fragments juxtaposés, détails ou grands événements. On parle de « biographèmes ».

– Je l'ai fait… à l'intuition. Mais je me doutais bien que ça portait un nom.

– Tu le connais, maintenant.

– Et… Pour mon texte ?

– C'est fluide. Hyper agréable à lire. La construction est cohérente. Et je l'aime bien, ta Marcia. Elle est touchante. Un peu paumée. On a envie de lui tendre la main. Mais…

– Mais ?

– Je me demande quelles parties de toi tu as mises dedans. Ce passage où elle imagine que les lames de la tondeuse à gazon…

– C'est une histoire inventée, pas une autobiographie.

– J'entends bien. Mais quand on écrit, il y a toujours des choses qui viennent se glisser entre les lignes. L'inconscient s'invite, on ne peut pas y échapper. Est-ce que je dois m'inquiéter pour toi, Agathe ?

– Seulement si on m'empêche d'écrire.

Une nomenclature précise

Lise était admirative.

Sa thèse, académique, avait suivi un boulevard rigoureusement balisé. Il y avait des passages obligés, conventionnels, il fallait montrer patte blanche. Elle avait argumenté en exploitant un matériau existant, produit par d'autres ; s'était appuyée sur les textes qu'elle commentait, analysait. Obéissant à un ordre bien établi, employant une nomenclature précise. Tout était cadré, la surprise n'avait pas droit de cité. Certes, elle faisait preuve de plus de liberté dans son journal intime, mais elle y racontait seulement ce qui lui arrivait, ce qui l'animait.

L'imagination d'Agathe, elle, s'épanouissait, volubile, comme ces coquelicots au bord de la route. Son terreau ? L'étoffe des rêves.

Jeanne s'était trompée : Agathe n'était pas une souris, mais un caméléon.

Pour se montrer tout à fait honnête avec elle-même, Lise sentait une pointe d'envie lui grignoter la cervelle. Elle se reprochait ce sentiment primaire. Avec sa plume, ou en clapotant, comme le disait Gustave qui était fâché avec le mot « tapoter », Agathe prenait le large.

Marcia… Sa vie faisant fi des conventions, son caractère versatile et ses décisions à hue et à dia. Lise comprenait que son existence, à rebours de celle d'Agathe, enchante sa fille : le raisonnable était sa charpente, la juste mesure sa pierre angulaire. La fantaisie de Marcia lui permettait de sortir du cadre.

Quand Agathe lisait…

Elle était Jean Valjean soulevant la charrette du père Fauchelevent dans *Les Misérables*.

Robinson Crusoé disant adieu à sa solitude en sauvant Vendredi.

Œil-de-Faucon courant dans la forêt aux côtés de Chingachgook, dans *Le Dernier des Mohicans*.

Ivanhoé combattant en tournoi, masqué.

Jeff en butte aux moqueries des autres élèves dans *La Cicatrice*.

Couche après couche

Son stylo-bille courait sur le papier, obstiné.

L'histoire se passait sur une planète lointaine, Xoltania. Les habitants n'avaient pas de visage mais les comportements, de manière indiscutable, étaient humains. D'une banalité effarante, pour la plupart. D'une laideur abyssale, pour certains. Les émotions et les mobiles qui les animaient se perdaient dans la nuit des temps – peur, aigreur, envie, lâcheté, rancœur, colère… Des caractéristiques détestables. Mais Agathe avait envie de noirceur. D'une forme de crudité. De brutalité, presque.

Elle ne savait pas où elle allait mais elle s'y rendait, tambour battant. Elle ne connaissait que la fin, son point de chute. Il serait toujours temps, se disait-elle, de redresser la barre au moment de relire. Les personnages n'en faisaient qu'à leur tête; ainsi, le héros, Xoltar, s'était engagé dans une voie de garage, et une figure secondaire venait d'opérer un hold-up sur l'action principale. Elle laissait faire, s'autorisait un peu de lâcher-prise dans un monde parallèle.

Pourquoi se lancer dans un nouveau projet d'envergure alors que Marcia l'occupait tant, déjà? Elle ne pouvait lutter: les Xoltaniens réclamaient leur tribut d'encre, courant inflexible traversant son corps de part en part, électrisant ses cellules grises.

Le roman s'étoffait, elle campait et peaufinait ses personnages comme on laque un meuble chinois : couche après couche. Ses extraterrestres avaient évolué après l'arrivée sur leur planète d'une mission d'exploration humaine ; ils s'étaient dotés d'un visage, apprenaient des rudiments de la langue étrangère. Agathe, qui s'attendait à une réaction hostile, avait eu la surprise de voir Xoltar, chef des Xoltaniens, accueillir finalement les inconnus à bras ouverts. Cette sympathie et cette hospitalité affichées dureraient-elles ?

Les humains prenaient leurs aises sur la planète, ne se préoccupaient pas des coutumes locales et prélevaient, sans en demander la permission, des échantillons de la flore endémique. Enfermaient des animaux dans des cages. Se comportant comme en territoire conquis, ils évoquaient à Agathe les conquistadors piétinant les Mayas. Les motifs de leur venue, à ce stade du récit, demeuraient flous.

Elle en était à la scène du banquet organisé par Xoltar en l'honneur des humains ; ceux-ci trouvaient les aliments répugnants, certains se risquaient toutefois à y goûter pour ne pas froisser leur hôte, puis se précipitaient hors de la salle pour vomir. Quant à l'alcool servi, il était si redoutable que les spationautes roulaient sous la table au bout d'une gorgée seulement.

Sous les radars

Les Ménopausées anonymes ne l'étaient plus.

Une participante du groupe de parole avait lâché qu'à leur âge, elles étaient invisibilisées, la cinquième roue du carrosse. Une autre avait renchéri, regretté que la ménopause soit taboue, affirmé qu'il fallait faire bouger les lignes. Une autre encore avait déclaré que la mélancolie était soluble dans l'action. Pourquoi pas une manifestation ? Tonnerre d'applaudissements. Une petite femme boulotte avait quand même demandé si elles porteraient un masque, ses collègues d'infortune s'étaient récriées : « On passe déjà assez sous les radars ! » Elles s'étaient quittées, le front plissé de détermination, le rouge aux joues. Elles avaient un but.

Elles avaient confectionné religieusement des pancartes avec les moyens du bord, carton et bouts de ficelle. Des espèces de binômes s'étaient créés, les liens s'étaient renforcés. Et les voilà descendues dans la rue la semaine d'après, circulant au beau milieu de la chaussée.

Ce fut d'abord un murmure, comme un bourdonnement. Puis les slogans, timides dans un premier temps, se précisèrent : « On est à bout, marre du tabou », « Soyez charitable quand je deviens irritable », « Incontinence urinaire, chuis vénère », « La prise de conscience, oui ! La prise de poids, non ! ». La manifestation, autorisée par la préfecture, conservait malgré tout, avec son côté artisanal, quelque chose de spontané.

Les passants regardaient passer, perplexes, cette petite troupe hétéroclite, ce patchwork de souffrances et d'indignations. Deux femmes se détachèrent soudain de la masse des badauds, vinrent grossir les rangs du groupe en mouvement. Des mains se tendirent, des sourires apparurent.

Tout un parcours avait été défini, de la promenade Gisèle Halimi à la place Simone Veil, mais leur rassemblement allait tourner en eau de boudin, avec l'altercation de deux femmes affichant des messages divergents, qu'elles martelaient avec une énergie identique. L'une affirmait: « Les bouffées de chaleur, même pas peur », la seconde brandissait un carton: « Les bouffées, ça me fait suer ». Les deux manifestantes se mirent à se taper dessus à grands coups de pancarte, l'une essaya d'étrangler l'autre avec son écharpe; un policier du dispositif de sécurité vint les séparer et la manifestation dut se disperser. Il n'y aurait pas de sitting place Simone Veil.

Lise se réveilla en riant. Il restait du pain sur la planche, pourtant elle se sentait rassérénée.

Des prudences de mère poule

Lise corrigeait mollement ses copies, tout en observant Xavier avec discrétion. Malgré son allure lunaire, l'éditeur paraissait connaître son affaire, enfin pour autant qu'une béotienne de l'édition puisse en juger. Surtout, il parlait avec patience, d'une voix égale, pointait les erreurs de jeunesse d'Agathe sans enfoncer le clou dans sa chair tendre. Elle se disait qu'il aurait fait un bon professeur, saluait *in petto* son choix d'un Bic vert plutôt que rouge.

Elle avait obtenu que les séances de travail se déroulent dans leur appartement. Regrettant un peu ces prudences de mère poule. Où commençait le manque de confiance ? Seulement son cœur était écartelé, entre fierté et peur pour Agathe. Comment lui épargner désillusions et chausse-trappes ? Sa fille unique était-elle prête à sauter dans le grand bain ? La part la plus rationnelle de son esprit craignait qu'Agathe néglige ses études. Prenne une route très caillouteuse et chahutée en choisissant un métier de saltimbanque.

Puis elle sentit, physiquement, Anne lui presser l'épaule d'une main ferme. Elle sursauta, tendit l'oreille : « Le monde est une jungle, d'accord, mais il faut qu'Agathe forge ses propres armes. La conserver trop longtemps dans le nid, c'est lui rogner les ailes. »

Agathe et Xavier travaillèrent trois heures d'affilée, tout entiers tendus vers le même but. Des mots isolés, des expressions leur valaient des discussions acharnées. Agathe tenait mordicus à certains termes, considérant qu'ils donnaient sa couleur au récit. Lise s'étonnait de l'opiniâtreté de sa fille si frêle, la saluait en son for intérieur. Il arrivait toutefois que l'éditeur emporte le morceau en dégainant un téléphone portable fatigué pour consulter telle ou telle définition.

Schopenhauer s'était lové sur les genoux de l'éditeur et n'en démordait pas. Quant à Kéké, il faisait la tête. Volait de temps en temps au-dessus de leurs crânes, étrangement muet – et Lise n'aurait pas été surprise qu'il tente un piqué sur Xavier.

Quelques jours plus tard, elle offrait à Agathe un magnifique Montblanc. Sa fille comprit-elle qu'elle lui donnait ainsi son « imprimatur » ?

Au kilomètre zéro

Jeanne se rengorgeait toute seule en lisant le journal intime de Lise. Il témoignait d'une évolution, et il semblait à Jeanne qu'elle était partie prenante de ces progrès. La discussion autour du ficus portait ses fruits.

« Au départ de François, le sol s'est dérobé sous mes pieds, la vie a perdu de son sel, les couleurs se sont faites moins vives. Dans ma bouche parfois, un goût de papier mâché. Dans ma tête, des pensées parasites. Comme toutes les victimes, je pensais avoir ma part de responsabilité dans cette triste affaire. J'aurais pu… J'aurais dû… Et puis j'ai fait une espèce de bilan carbone de notre relation. "Le mal, c'est le rythme des autres", selon Henri Michaux. J'ai trop longtemps adopté le rythme de François, au détriment du mien. Sans vouloir charger la mule, je pense que ça explique en partie mon impression de décalage dans ce monde, comme si je n'étais pas assise dans le sens de la marche. »

« J'ai eu de la chance que l'élastique ne cède pas. Tout le monde a son point de rupture. »

« Aujourd'hui j'ai la sensation de me trouver au kilomètre zéro, à l'aube d'une forme de réinitialisation qui permettrait

tous les possibles. Ou presque. Je n'espère pas une seconde vie, j'aspire à une seconde chance. Alors je décide d'abandonner mon excédent de bagage. Cette rancune coriace et poisseuse qui me lie encore à François. Elle m'a longtemps dévorée, je ne veux plus la nourrir. »

« Comment trouver ma place, donner de la voix dans le grand orchestre humain ? Il me vient en tête une autre citation, d'Oscar Wilde : « Soyez vous-même, les autres sont déjà pris. » Je la vois comme une invitation à s'accepter, à se trouver aimable au sens premier du terme. À faire preuve d'indulgence envers soi-même. »

« Je suis bien consciente que le bien-être n'est pas un état stable. La recherche d'équilibre domine. Mais ce qui paraît parfaitement équilibré est aussi soumis à des micro-oscillations. Je devrais sans doute me montrer moins ambitieuse dans mes attentes. Pratiquer une forme de sobriété personnelle : la culture du "juste assez". »

Deux toiles très différentes

L'éditeur, enfin Xavier, venait de s'annoncer à la porte d'un coup de sonnette discret. Lise ouvrit. Il se tenait effectivement là, la cravate de guingois, à l'image du reste. Son pantalon tire-bouchonnait sur ses chaussures. Par ricochet, elle pensa à son ex-mari, si soucieux de son apparence. L'éditeur et lui ressemblaient à deux toiles très différentes. Xavier avait tout du tableau abstrait, ne revendiquant rien, autorisant toutes les interprétations; François donnait indiscutablement dans le figuratif, sûr de lui, ancré dans le présent. Avec le recul, elle se rendait compte qu'il avait prescrit ses choix, dictant leur quotidien, leur vie commune. L'air de ne pas y toucher. À présent, elle avait envie de diriger sa barque.

Lise s'ébroua. Xavier se tenait toujours sur le palier, patient, attendant qu'on l'invite à entrer. Il avait des attitudes assez vieille France, qui contrastaient avec sa dégaine. Avec sa façon de fourrager dans ses cheveux pour chercher un mot ou une idée, penché sur les feuilles, son stylo-bille en main, ou coincé derrière l'oreille.

– Entrez, fit-elle enfin. Agathe n'est pas encore rentrée de l'université.

Quel âge avait-il? Elle lui donnait la cinquantaine. Toute petite, la cinquantaine.

Il se dirigea vers la table basse, en habitué, posa dessus le tas de papier familier. Il y avait tellement de Post-it, de ratures, d'ajouts et de flèches sur l'ancienne version qu'après avoir demandé à Agathe d'intégrer les modifications, il avait tout réimprimé.

– Un café ?

– Vous savez que je suis accro…

Lorsqu'elle revint dans la pièce, il s'était posté au pied de la grande bibliothèque, devant *Distorsion*. Il en caressa le dos, se retourna.

– Vous l'avez lu ?

– Oui.

– Et qu'est-ce que vous en avez pensé ?

– Très habile. On perd le lecteur pour mieux le cueillir avec les rebondissements et le dénouement final. Mais…

– Ah ! J'attendais le « mais ».

– C'est un peu trop travaillé à mon goût. Trop léché.

– On veillera à ce que ça n'arrive pas avec l'écriture d'Agathe. Il faut qu'elle garde sa fraîcheur, c'est une de ses forces.

– Tant mieux.

– Mais j'imagine que vous avez compris, maintenant, que je respecte son travail.

Tu te souviens…

– Tu te souviens ? Tu as usé de tous les moyens de locomotion. Descendu l'Orénoque en pirogue, jusqu'à l'endroit où ses eaux rejoignent la mer des Caraïbes…

– Et l'Okavango ! renchérit Jeanne. Tu sais qu'il a la particularité de ne se jeter dans aucun océan ?

– Tu me l'apprends. Tu as aussi traversé le Sahara à dos de chameau : les Bédouins t'avaient baptisée la Princesse des sables, ils déployaient un tapis à tes pieds quand tu descendais de ta monture… Tu as beaucoup marché par ailleurs, sillonné l'Asie et pénétré dans la ville interdite de Lhassa aux côtés d'Alexandra David-Néel, déguisée en mendiante.

– Tu n'oublierais pas un de mes exploits ?

– Lequel ?

– J'ai déchiffré une langue antique jusqu'alors ignorée, après avoir buté sur une stèle gravée dans l'ancien pays de Sumer.

– Oui, sa découverte surpassait même celle de la pierre de Rosette…

– Champollion pouvait aller se rhabiller !

– Tu as aussi isolé une planète inconnue en t'usant les yeux au télescope, forgé une langue universelle plus répandue que l'espéranto, élaboré un médicament révolutionnaire en te basant sur les propriétés du blob…

– Allez, n'en jette plus ! Assez ri. Je vais te préparer un bon chocolat.

À présent que Jeanne avait révélé que son amnésie était simulée, Agathe n'avait plus besoin de prêter attention à la vraisemblance des faits. Jeanne se prenait au jeu, en faisait des tonnes. Elles s'amusaient beaucoup de ce moment de complicité qui se terminait invariablement par un chocolat mousseux, richement dosé.

Une bonne demi-heure sur le ring

Un autre élève du cours de savate, qui pratiquait aussi le ju-jitsu, avait raconté à Cédric que c'était l'art de plier les vêtements avec les gens dedans. La formule, très visuelle, l'avait beaucoup fait rire. Il se demandait, depuis, ce qu'on aurait pu dire de la savate. Comment qualifier ce sport de combat où, à la différence de la boxe classique, on se portait aussi des coups avec les pieds ?

Il se posait encore la question ce soir-là en enfilant ses chaussons, son casque puis ses gants, avant de se diriger vers un sac de frappe en cuir brun. Taper dedans lui permettait de canaliser son trop-plein d'énergie. De mobiliser tous ses muscles. D'évacuer.

Après s'être échauffé, il passa une bonne demi-heure sur le ring à affronter son sparring, esquiver ses attaques. Ils alternèrent directs, crochets, uppercuts, fouettés, chassés, revers… On aurait pu croire à un sport de bourrin, mais Cédric trouvait qu'il y avait une vraie élégance dans les mouvements, les déplacements incessants. C'était comme une chorégraphie, un ballet de percussions bien réglé. Même s'il arrivait encore que son partenaire le surprenne, en accélérant brusquement la cadence, par exemple.

Leurs souffles aussi s'affrontaient et se mêlaient. L'entraîneur intervint quelques fois, pour leur adresser des conseils techniques ou tactiques. Les aider à améliorer leurs enchaînements, leurs stratégies.

Leur tour de danse terminé, ils se donnèrent une tape amicale dans le dos et rejoignirent le vestiaire.

Cédric quittait toujours le gymnase rincé, mais aussi léger qu'un ballon rempli d'hélium. Une histoire d'endorphine, l'hormone du bonheur, lui avait appris l'entraîneur. Depuis qu'il venait, il sentait qu'il gagnait en endurance et en résistance. D'ailleurs, il changerait bientôt de grade, et donc de couleur de gants. Pour autant, il ne s'entraînait pas pour la compétition, voulait que ça reste un loisir. Sa soupape de sécurité.

Par le jeu des glaces

Par le jeu des glaces, sans tourner la tête, elle l'observait quand il piquait du nez sur son diabolo menthe. Elle détaillait les yeux assez encaissés, la bouche large, le nez un peu busqué. Ce n'était pas son type d'homme, mais elle avait envie de mieux le connaître. Était-ce le type d'Anne ?

Lise secoua la main pour chasser la pensée qui l'indisposait : leur relation avait pour base un respect mutuel, un intérêt intellectuel réciproque. L'amitié s'inviterait un jour, sans enjeu. Ils n'évoluaient pas dans le registre sentimental, et elle trouvait ça sain et reposant. Pour autant, elle ne s'estimait pas rangée des voitures. Mais, quand bien même elle aurait éprouvé de l'attirance pour Xavier, elle ne se sentait pas encore prête pour le couple, cette folie à deux.

C'était elle, malgré tout, qui avait lancé, un quart d'heure plus tôt, alors qu'il s'apprêtait à quitter l'appartement :

– Ça vous dirait de poursuivre la conversation dehors ? Il y a une brasserie sympa juste en bas, Les Horloges.

Pourvu qu'il ne se méprenne pas sur ses intentions ! Elle avait assez à faire avec elle-même. Avec ces mouches envahissantes, dont les manifestations n'obéissaient à aucun schéma.

Ayant remarqué son geste de la main, il s'inquiéta :

– Ça va ?

Elle hocha la tête. Le syndrome Anne devait rester un coup de pouce, pas la phagocyter. Sa personnalité en valait bien une autre, que diable !

– Vous êtes sûre ? demanda-t-il devant son nez froncé.

Elle eut un petit oui, se mit à tourner sa paille dans son diabolo fraise. Elle se sentait en confiance. Peut-être parce qu'en discutant avec lui, en le voyant travailler avec Agathe, elle avait pu constater son ouverture d'esprit et son écoute. Il ne la jugerait sans doute pas…

Dans ses pensées, elle s'était mise à lisser sa robe d'un geste absent, presque mécanique.

– On dirait que vous aimez le rouge ?

– Pardon ?

– Depuis qu'on se connaît, j'ai remarqué que vous portiez souvent du rouge. Soit un vêtement, soit un accessoire. Un bracelet, un foulard… Et aujourd'hui, cette robe et ce sac à main.

La porte s'entrebâillait, allait-elle saisir l'occasion ?

– Vous avez lu *Rouge*, le livre de Michel Pastoureau ? s'enquit-elle soudain.

– Non, mais j'en ai entendu parler.

– C'est un texte fascinant…

Elle se mit à lui raconter ses découvertes. Première couleur maîtrisée par l'homme en Occident, le rouge avait acquis une importante dimension religieuse au Moyen Âge, avant d'être attaqué au XVIe siècle par les protestants le jugeant immoral. Puis, après le déclin de son usage partout en Europe, le rouge était devenu politique avec la Révolution française. Il l'était toujours, au demeurant.

Ils commandèrent un verre de chardonnay. Le jour déclinait, dehors les lampadaires s'allumaient. Lise se sentait tellement à l'aise qu'elle avait ôté ses chaussures, lesquelles se baladaient sous la banquette en moleskine verte.

– On dîne? proposa finalement Xavier.

Elle choisit une salade au chèvre chaud, lui un confit de canard. Ils attendirent leurs plats en discutant de l'intelligence artificielle, dans toutes les bouches depuis quelques mois. Sans être technophobe, Lise y voyait une menace, souhaitait une réglementation rapide; Xavier considérait la chose comme un outil de plus, qu'il allait falloir apprendre à utiliser avec mesure, certes.

Leurs assiettes arrivèrent et ils se turent. Lise songeait à la voix de l'éditeur. Il avait un débit particulier, accélérant ici, ralentissant là. Avec de longues plages de silence. Mais ce silence n'avait rien d'inconfortable.

Le serveur s'éloigna et Lise, encouragée par l'alcool, lâcha les rênes de sa curiosité:

– Vous vivez seul?

– Oui, enfin, avec ma fille.

– Ce n'est pas trop dur de l'élever sans sa mère?

– Adeline a toujours été une enfant raisonnable. Trop, peut-être. Elle pousse quasiment toute seule.

– Et… sa cécité?

– De naissance. C'est incurable. Mais je me demande parfois – pardon, c'est un peu cliché – si elle ne lui doit pas son toucher incomparable au piano, son jeu si nuancé.

– Oui, Agathe m'a beaucoup parlé du récital, elle était envoûtée. Merci encore pour l'invitation.

– C'est naturel. Mais je reste un peu honteux d'en avoir profité pour obtenir ses textes. Seulement, j'étais intrigué. Adeline m'avait parlé des feuilles volantes, je voulais en avoir le cœur net.

– Et… qu'est-ce que vous pensez de sa Marcia? Elle me l'a fait lire, mais je n'ai pas la distance nécessaire.

– C'est bon dans l'ensemble. Malgré des maladresses et une verdeur inévitable: c'est son premier récit. Et il n'est pas encore assez fourni pour envisager une publication. Il reste pas mal de travail, mais elle tient quelque chose. Sans compter qu'elle évite l'écueil du personnage épais comme une carte à jouer, ce qui arrive souvent avec les œuvres de jeunesse.

– Vous allez me faire rougir pour elle.

– Est-ce un problème pour quelqu'un qui aime autant le rouge? plaisanta-t-il. On se tutoie?

– On se tutoie.

Faire des infidélités à la réalité

Lise savait que Jeanne lisait son journal intime : elle avait trouvé des miettes de madeleine à l'intérieur. La coupable, une gourmande impénitente, était toute désignée. Lise se félicitait de ne pas avoir parlé, entre ces pages, des mouches et d'Anne Roumanoff. Quelque chose l'avait retenue – la crainte, peut-être, que détailler le phénomène noir sur blanc rende l'essaim définitif ?

Jeanne remettait en effet le sujet sur le tapis :

– Encore désolée d'avoir lu ton journal, je m'en veux. Mais tu y parlais de visions et ça m'inquiète, tu veux bien m'en dire plus ?

Il allait falloir louvoyer, faire des infidélités à la réalité.

– C'est passé. J'ai vu un ophtalmologue, rien ne clochait. C'était sûrement psychosomatique. J'ai connu… un moment de flottement. Un passage à vide.

– On a pu s'en rendre compte, Agathe et moi. Et puis le rouge a débarqué dans ta vie… Ça t'est venu comment ?

– Eh bien… une intuition. Une idée comme ça, devant le miroir. Je me suis dit, pourquoi ne pas tenter ?

– Ça te réussit ! Et…

– Et ?

– Tes rendez-vous avec l'éditeur aussi, je me trompe ?

– …

– Vous passez de plus en plus de temps aux Horloges. J'aime bien l'idée que tu ne sois pas toujours enfermée ici, ou au lycée. Que tu prennes l'air. Décidément, cette brasserie exerce une influence salutaire. D'abord Gustave et moi, et maintenant…

– Tu te trompes, maman. C'est purement amical, et ça le restera. Mais puisqu'on joue cartes sur table, on n'a pas encore reparlé de ton aveu. Cette amnésie simulée. Ça m'a coupé le sifflet, et je ne l'ai pas encore digéré. Qu'est-ce qui t'a pris, maman, bon sang ?

– Sur l'instant, juste après ma chute, ça m'a paru être la bonne solution. La seule, pour tout dire. Je n'ai pensé qu'à moi, je l'avoue. Après, j'avais tellement pris l'habitude de faire semblant que j'en suis presque arrivée à me convaincre que c'était la réalité. Et au bout du compte, je me suis enferrée dans mon mensonge, comme un insecte dans une toile d'araignée. Je ne pouvais plus faire marche arrière.

– Et papa, alors ? Comment tu l'as traité, tu te rends compte ?

– Je te l'ai dit, je me suis montrée égoïste, oui. Mais tu sais, tout était consommé entre ton père et moi, alors…

– Tu y es allée fort, quand même. Tout ce spectacle, ces tremblements !

– Écoute, tu ne sais pas tout. Disons que je lui ai rendu la monnaie de sa pièce.

– Admettons. Mais ne nous refais jamais un coup pareil, d'accord ?

– Promis.

Et elles scellèrent leur accord avec effusion.

En tailleur à même le sol

Il régnait une odeur d'encens jusque dans la salle d'attente aux murs ocres, talochés avec énergie. Un peu partout, des affiches d'Urgence Afrique punaisées, aux coins déchirés. Sur la table basse, les magazines fatigués qu'on aurait trouvés chez n'importe quel médecin. Un insolite bocal de bonbons. Sa chaise, bancale, était inconfortable, mais elle n'eut pas à patienter longtemps. Une femme sortit du cabinet, les paupières rougies par les pleurs, et l'assistante, aux formes exagérément accueillantes, fit entrer Lise. Les rideaux étaient tirés, la petite pièce plongée dans la pénombre, mais ses yeux s'habituèrent et elle distingua un homme, assis en tailleur à même le sol, qui d'un geste l'invita à s'installer devant lui, sur un petit coussin.

Il ne dit rien pendant un moment, se contentant de la dévisager, et elle se sentit autorisée à faire de même. L'homme à la peau très sombre, crâne lisse, sourcils mêlés de blanc, portait une tunique brodée noir et orange, et sur la tête une espèce de bonnet des mêmes couleurs. Elle nota que la plante de ses pieds nus était étonnamment claire. Il avait un collier de coquillages blancs, un bracelet en cuivre, un regard qui la sondait mais demeurait bienveillant. Peu à peu, dans cette atmosphère sereine, les battements du cœur de Lise se calmèrent.

Puis il ouvrit la bouche :

– Votre âme est agitée.

Sinon je ne serais pas là, mon grand, pensa Lise avec ironie. Elle se réprimanda aussitôt : elle s'était promis de faire taire son esprit cartésien. À symptôme farfelu, remède farfelu.

– Je voudrais… commença-t-elle.

– Ne dites rien, l'interrompit-il. Je vais lancer les osselets pour vous.

Il attrapa derrière lui une petite bourse en cuir, dénoua le lien, prit les osselets à l'intérieur et les jeta devant lui. Lise n'osait plus bouger ni respirer tandis que l'homme se penchait pour étudier la figure qu'ils dessinaient.

– Il y a deux personnes en vous. On dirait deux sœurs… Visage rouge, visage noir. La femme au visage rouge tend la main à l'autre, elle essaie de la tirer de l'obscurité.

Puis il se tut un long moment, sans cesser de la regarder.

Comment sait-il ? songea Lise. *Je ne porte rien de cette couleur aujourd'hui.*

– J'ai été… envoûtée ? demanda-t-elle en se mordant la lèvre inférieure.

– Un bien grand mot. Mais la vérité va finir par se décanter, et vous serez apaisée. Sinon, revenez me voir.

– Je n'ai rien de spécial à faire ? s'enquit Lise qui, stupidement, s'attendait à ce qu'il lui demande d'acheter des pattes de poulet et de les mettre sous son oreiller.

– Juste attendre.

Elle le remercia, se leva et quitta la pièce. Régla la somme due à l'assistante et sortit sur le boulevard bruyant, étourdie, comme grisée d'alcool. La consultation avait duré dix minutes à peine, pourtant elle se sentait lessivée.

Une attente extérieure

Tout n'était pas rose bonbon pour Agathe. Surtout depuis qu'il y avait une attente extérieure. Malgré le caractère débonnaire de Xavier, qui appelait sa confiance, elle se sentait parfois guettée au tournant, et l'inspiration se dérobait, aussi glissante qu'une anguille. Alors elle allait dans la cuisine, laver à la main les assiettes, les couverts et les verres qu'elle sortait méthodiquement du lave-vaisselle.

D'abord elle réfléchissait à la théorie, aux derniers conseils de Xavier qui lui disait de se méfier des idées « en toc »: brillantes en apparence, elles perdaient leur éclat dès qu'on les grattait un peu. Idem pour les mots « d'élevage »: traits à tour de bras, ils avaient été vidés de leur substance. Puis les pensées d'Agathe se déliaient, devenaient plus fluides, à l'image de l'eau chaude coulant dans l'évier. Elle s'essuyait les mains, courait rejoindre son bureau.

Elle avait ressenti, dernièrement, le besoin de se recentrer sur son récit de science-fiction. Xavier n'avait rien répondu de spécial lorsqu'elle lui avait annoncé cette intention, mais un petit sourire entendu avait animé ses joues mal rasées.

Une étourderie monumentale

Lise et Xavier avaient pris l'habitude, après les séances de travail avec Agathe, d'aller se détendre aux Horloges. La ruche autour d'eux édifiait un rempart contre l'extérieur. Les conversations prenaient un tour plus personnel, ils évoquaient leurs vies respectives, leur passé conjugal.

La capacité qu'avait Xavier d'énoncer ses opinions sans écraser l'autre suscitait le respect de Lise. Fluidifiait leurs échanges. Mentalement, elle nota d'ajouter à sa liste des petits plaisirs : discuter avec Xavier.

Ce soir-là, elle leva les yeux et aperçut, dans une des glaces encadrées de vert, le reflet d'une femme un peu pompette, yeux brillants, joues rosies par l'alcool. Assise près d'un homme en bras de chemise. Xavier appréciait leurs échanges, de toute évidence. Mais elle craignait parfois qu'il s'intéresse surtout à son côté Anne. Que leur amitié naissante repose sur un malentendu. Et si l'assurance s'envolait ? La spontanéité, les traits d'esprit ?

Sa tête était tellement pleine de cette pensée qu'après une nouvelle gorgée de brouilly, elle s'entendit lâcher, stupéfaite :

– Je vois des mouches.

Elle plaqua la main sur sa bouche, catastrophée. Mais le mal était fait.

– Quoi ? demanda-t-il.

– Oublie ça.

– Non, non, tu en as trop dit ! Je t'écoute.

Un long silence. Comment rattraper la bourde ? Impossible de revenir en arrière, d'effacer l'étourderie monumentale. Il fallait se lancer.

– J'ai… des sortes d'hallucinations. Un nuage de mouches qui vient obscurcir ma vision.

– Et ça dure depuis combien de temps ?

– Huit mois environ.

– Tu as vu quelqu'un ?

– Un ophtalmologue. Il n'a rien décelé de suspect.

– Autre chose ?

– Non, juste des mouches. C'est assez inquiétant comme ça, non ?

– Je ne suis pas médecin mais, si tu n'as pas d'autre symptôme, comme des maux de tête, des vertiges ou des bourdonnements, que sais-je, c'est sans doute psychologique, tu ne penses pas ? Tu pourrais consulter un spécialiste.

– Un psy ? Hors de question.

– Bon. Il faudrait trouver l'élément déclencheur, alors. L'identifier permettrait de l'éviter, et donc d'empêcher… l'arrivée de ces insectes.

– Ça paraît logique. Mais un peu trop simple, si tu veux mon avis. J'ai tout envisagé et le phénomène me paraît précisément échapper à la logique. Il survient dans les moments les plus variés. C'est incontrôlable.

– Tu devrais peut-être renoncer à le contrôler. Tu as essayé de ne pas y prêter attention ?

– Plus facile à dire qu'à faire ! Ça m'aveugle.

– Et… qu'en pensent ta mère, ta fille?

– Elles ne sont pas au courant. Je refuse de les inquiéter.

– En attendant ç'est toi qui subis, seule dans ton coin. Discuter d'un problème, c'est déjà le résoudre à moitié. Et les mouches disparaîtraient peut-être.

– Je te trouve bien optimiste. D'autant que…

– Oui?

– Je ne t'ai pas tout dit. Quand les mouches se dissipent… je vois apparaître le visage d'Anne Roumanoff. À la place du mien.

– Anne Roumanoff? L'humoriste?

– Elle-même.

– Tu es fan?

– Pas particulièrement. Mais je ne vois pas ce que ça change.

– Tu pourrais faire une fixette. L'admirer au point de te projeter en elle.

– Non. Je suis son actualité depuis un moment, mais pour essayer de percer le mystère. Je ne sais pas ce que j'espère, au juste. C'est absurde.

Plus absurde que de consulter un marabout? se demanda ironiquement Lise, qui tut l'information avec soin.

– Pas tant que ça, commenta Xavier. Une idée me vient: et si tu allais la voir en spectacle? Ça se tente, non?

Un drôle de zig

Lise se demandait comment elle avait pu se taire aussi longtemps. À présent, elle avait la sensation que les vannes étaient grandes ouvertes. Avec Xavier en tout cas, la discussion se faisait facile et sans entraves. Comme s'il suffisait d'appuyer sur un bouton. Il posait une ou deux questions, penchait la tête sur le côté en l'écoutant, et c'était parti. Magique.

Malgré l'attitude ouvertement hostile de Kéké envers l'éditeur, ce dernier se montrait fasciné par le volatile. Lise et lui allaient avoir une longue conversation à son sujet. Aux Horloges, pour éviter les oreilles qui traînent. Et les attaques en piqué.

– Un drôle de zig, ce Kéké.

– Tu l'as dit. On doit le laisser en liberté, désolée. Dans sa cage, il perdait ses plumes, le vétérinaire a diagnostiqué une claustrophobie aiguë.

– Quand je suis arrivé, il regardait la télé…

– Il a développé une passion pour le petit écran. Il se fait tour à tour animateur de jeu ou de débat politique, chroniqueur, humoriste, analyste financier, critique culturel, commentateur sportif ou présentateur de la météo des plages. J'en oublie. Après *Le Jour du Seigneur*, il prononce une bénédiction « gourbi et fourbi ». Il insiste aussi pour me confesser, le bougre !

– Et ?

– J'ai réussi à me défiler. Jusqu'ici.

Ils avaient commandé des cocktails, avec la totale : paille et petit parasol coloré. Un bloody mary pour Lise, un mojito pour Xavier.

– Tu n'as jamais envisagé de le faire se produire quelque part ?

– Je ne veux pas le transformer en bête de foire. Et j'aime bien ce spectacle exclusif… Tu sais qu'il a adapté la tirade du nez ?

– Non ? *Cyrano* ?

– Oui. Il y parle de son bec. La pièce le fascine, il affectionne aussi la tirade des « Non, merci » et la récite souvent, perché sur mon épaule, quand je cuisine.

– C'est à se demander à qui il appartenait avant.

– Je me pose régulièrement la question. À un comédien, peut-être ? Qui travaillait ses textes en sa présence ? Mais ça n'explique pas tout.

– C'est-à-dire ?

– D'accord, il possède une mémoire exceptionnelle, mais il ne se contente pas de singer. Quand un démarcheur appelle, je suis tentée de mettre le haut-parleur et de le laisser se débrouiller avec Kéké.

– Tu crois qu'il ferait illusion ?

– Sûre et certaine. Je pense qu'il se sent plus humain qu'oiseau, d'ailleurs. Tiens, par exemple, il a un avis sur tout mais il change d'opinion au gré des reportages et des documentaires. Dernièrement, il est même devenu syndicaliste.

– Tu te moques de moi ? demanda Xavier.

– Pas du tout ! Il a vu sur Arte un documentaire sur l'histoire des revendications syndicales, et depuis, il exige une amélioration de son confort et de celui de Schopenhauer, qui se trouve très bien comme ça et ne lui a rien demandé.

– Il a pris goût à la négociation, dis donc.

– Tu n'as pas idée !

– Et les loisirs, alors ?

– J'ai commencé à lui apprendre l'allemand. Il est très gourmand des mots à rallonge. Et il veut jouer aux échecs. Il y a des jours… il me fatigue.

– Tu m'étonnes. Et ses congénères ?

– Il a les pigeons en horreur. Il les fait fuir en hurlant des jurons d'un autre temps : palsambleu, morbleu, corbleu, tudieu, ventre-saint-gris. Tu vois le genre.

– Un vrai héros de roman !

– Il mériterait qu'on écrive sur lui.

– C'est une idée. Dis-moi, il te surprend encore ?

– Oui. Même si, à force de le pratiquer, je sens venir les vacheries.

– Ah ?

– S'il frétille de l'œil, on sait qu'il va en lâcher une.

– Et moi qui reprochais aux documentaires animaliers de trop pousser l'anthropomorphisme…

Inventaire à la Prévert (3)

Aller faire une manucure, choisir une couleur flashy,
fermer les yeux pendant le massage des mains
Aider maman à planter des bulbes pour le printemps
prochain. Les voir pointer le bout du nez
après les frimas
Utiliser des mots démodés
S'essayer à la couture ou à la broderie, à la gravure
sur lino, au chant diphonique
Regarder la télé dans un pyjama en pilou-pilou,
ensevelie sous un plaid XXL
Respirer le parfum du lilas mauve
Oser des associations culinaires risquées. Rater
et recommencer
S'endormir pendant un soin du corps
Faire un tri dans ses armoires, donner à Emmaüs,
se sentir plus légère
Broder sur la vie des autres
Se créer des playlists de musique en fonction
de son humeur, leur donner des noms poétiques
ou surréalistes

Voir poindre les premières perce-neige dans le jardin
de La Bicoque
Offrir un cadeau sans raison
Enlever ses chaussures et se changer à la fin
de la journée de travail
Décorer le sapin de Noël toutes les trois,
faire semblant de se disputer pour savoir
qui placera l'étoile tout en haut
Suivre des cours sur Internet, être perdue,
puis commencer à comprendre
Discuter avec Xavier
Faire un concours de bulles de savon
Briquer la cuisine et se sentir délicieusement épuisée
en contemplant le résultat
Lire à voix haute des passages d'un texte d'Agathe

La caverne d'Ali Baba

Obéissant à une impulsion, comme poussée dans le dos par Anne, Lise était entrée dans une boutique de lingerie dont la devanture Art nouveau affichait encore, en lettres fatiguées, le mot « Corsets ». Elle passait souvent devant, admirait l'étalage coloré, les soutiens-gorge arachnéens et les porte-jarretelles tarabiscotés donnant l'impression de flotter dans les airs, mais n'avait jamais mis les pieds dans cette caverne d'Ali Baba.

Elle en était ressortie avec un ensemble bustier-tanga couleur violine. Tout en dentelle et en soie – elle qui ne jurait que par le coton ! Elle s'était laissé convaincre par la vendeuse, entrée dans la cabine d'essayage pour l'aider à enfiler le bustier bien ajusté. Celle-ci l'avait félicitée pour le galbe de ses seins, et Lise s'était sentie flattée par le compliment de cette brune piquante qui avait la moitié de son âge.

Électrisée par ce shoot d'endorphine, elle appela Jeanne et Agathe d'une voix fébrile, sitôt rentrée. Lorsqu'elles arrivèrent, elle brandit le joli sac jaune dragée, fermé par un ruban en satin de la même couleur. Elle en sortit la boîte bleue avec des gestes de conspiratrice. L'ouvrit avec lenteur, écarta solennellement le papier de soie dans lequel se nichait la parure. Les trois visages, penchés au-dessus, se rapprochèrent à se toucher.

– Je me suis délestée d'une petite fortune !

– Couleur passion, glissa Jeanne d'un ton lourd de sous-entendus.

– Très beau, fit Agathe qui se risqua à effleurer la dentelle.

– L'intérieur de la boutique aussi est très beau, ajouta Lise, ignorant le commentaire de Jeanne. Il y a un escalier spectaculaire, façon Eiffel, avec une armature métallique et des gros rivets gris. Ça crée un sacré contraste avec la délicatesse des articles.

En revanche, elle ne révélerait pas qu'elle avait repéré quantité d'idées-cadeaux : foulards, écharpes, broches en tissu brodé de perles, bonnets, bibis à voilette, gants, collants, pelotes de laine, modèles de tricot, kits de broderie ou de tapisserie… Quant aux boutons de toutes les formes et toutes les couleurs, ils donnaient furieusement envie d'y plonger la main, comme un enfant brassant des bonbons.

La question de la langue

Agathe venait de se rendre compte qu'elle avait négligé de creuser la question de la langue dans son récit – elle, la fille d'une prof d'allemand ! Décidément, les cordonniers étaient les plus mal chaussés. Elle eut un petit rire et se mit à l'ouvrage :

« Si les Xoltaniens faisaient l'effort de s'initier à la langue étrangère, les humains se retrouvaient devant un déluge de cliquetis et de bruits métalliques quand les extraterrestres venaient à s'exprimer. Tous les vocables se ressemblaient, pour eux. C'était comme une grande chaîne sans fin. Sans respiration. Ils ne pouvaient pas se raccrocher aux gestes non plus car leur emploi n'avait rien de commun avec ce qui se passait sur la Terre. Les mouvements sur Xoltania étaient saccadés, frénétiques, ce qui donnait l'impression que les habitants étaient toujours en colère, stressés ou énervés. L'incompréhension avait même occasionné quelques affrontements, certains humains trouvant les extraterrestres agressifs et se pensant attaqués.

Il avait fallu toute la fermeté de Xoltar et la patience de Clément, le chef d'équipage de la navette, pour apaiser les tensions. Le calme revenu, les scientifiques des deux bords avaient été chargés d'élaborer un décodeur pour faciliter les contacts. Mettre un peu d'huile dans les rouages. Mais les Xoltaniens, doués, progressaient vite. Leur vocabulaire s'enrichissait. Bientôt, ils comprendraient jusqu'aux échanges ne leur étant pas destinés. »

L'entrée des artistes

Le spectacle avait été rondement mené. Réglé au cordeau. Sans temps mort. Anne les avait régalés de brèves de comptoir avec une bonne humeur inépuisable, armée de son sourire inoxydable. Lise s'était beaucoup amusée, oubliant la raison première de sa venue, la motivation qui lui avait fait acheter le billet.

À présent c'étaient les rappels et, clignant des yeux dans la lumière revenue, elle applaudissait comme les autres, debout comme les autres qui poussaient des vivats. Elle avait choisi un ensemble chemisier et pantalon carmin. Le chemisier affichait un motif cachemire, dérogeant aux imprimés géométriques et fleuris.

Anne, étrangement, ne portait pas de rouge ce soir-là, vêtue d'un tailleur-pantalon gris, comme si elle avait voulu lui réserver l'exclusivité de la couleur. Lise était à son aise dans cette foule autour d'elle qui bruissait, remuait, enfilant veste, manteau ou trench. Elle qui se pensait revenue des « gens »… Elle se sentait en voie de réconciliation avec le genre humain.

Elle échangea même quelques mots avec sa voisine de gauche, une femme entre deux âges. Elle avait un visage large et aimable, des yeux très mobiles. Une repousse de cheveux blancs au niveau des tempes.

– Elle est impayable, non ? fit l'inconnue.

– Formidable.

– C'est la première fois que vous venez la voir ?

– Oui. Mais je… je suis son parcours depuis un moment.

– Vous reviendrez, vous verrez.

Lise avait repéré en arrivant l'entrée des artistes, une petite porte anodine sur le côté droit du théâtre. Elle savait pertinemment qu'elle n'aurait pas accès aux loges, alors c'était la meilleure solution. Elle attendrait le temps qu'il faudrait. Elle quitta sa place sans se presser, au milieu de la foule, ruisseau tranquille qui l'emmenait vers la sortie. Dans le hall d'entrée, elle contempla encore les lustres qui l'avaient stupéfiée à son arrivée, lourds, chargés de pendeloques en cristal et de dorures, comme pénétrés de leur importance. L'un d'eux clignotait et Lise eut l'impression qu'il lui adressait des clins d'œil. C'était de bon augure.

Elle se retrouva finalement dans la rue, un peu déboussolée, comme chaque fois qu'on quitte un spectacle et qu'il faut du temps pour reprendre pied dans la réalité. Il tombait une petite bruine désagréable, insistante. Un taxi passa. Il était encore temps de le héler, de changer d'avis et de rentrer au chaud. Elle ne leva pas le bras. Elle voulait en avoir le cœur net.

Elle tourna à l'angle du bâtiment, un imposant parallélépipède ouvragé avec des moulures en façade. L'entrée des artistes, elle, avait des airs innocents. Étroite, noire sur fond noir, elle semblait vouloir passer inaperçue, s'excusant presque d'être là. Lise se posta juste devant, à quelques mètres. Elle n'avait pas emporté de parapluie mais s'en remettrait. De temps en temps, elle s'essuyait le visage. Il y avait non loin des poubelles qui vomissaient une partie de leur contenu, boîtes de *junk food* et papiers gras. Elle les ignora, tout à sa mission.

Elle répétait à mi-voix les paroles qu'elle comptait prononcer, espérant qu'Anne ralentirait au moins le pas. Elle connaissait le personnage public, pas la personne. Peut-être était-elle imbuvable ? Orgueilleuse ? Sans considération pour ses admirateurs, fatiguée des sollicitations… On verrait bien.

Elle attendit une demi-heure, les mains dans les poches, affichant une nonchalance, une décontraction qu'elle ne ressentait pas. Plus le temps passait, plus l'excitation la gagnait. Puis la porte s'ouvrit en grinçant, et Anne parut. Elle avait enfilé une cape rouge par-dessus son tailleur-pantalon, on aurait dit une super-héroïne sortant sauver le monde. Elle aperçut Lise, debout au milieu de la bruine. Son regard s'attarda un peu, puis glissa sur elle. Elle était accompagnée d'un homme barbu aux avant-bras musclés. Son garde du corps ? Son manager ? Peu importait.

Lise fit deux pas dans la direction de l'humoriste, les yeux braqués sur elle. Pourtant, elle ne la voyait plus. Les mouches étaient revenues. Ça lui arrivait dehors pour la première fois et elle tangua un peu. Que cherchaient à lui dire les insectes ? Elle recula d'un pas, l'essaim s'estompa. La vue lui revint, périphérique pour commencer. Encore un pas en arrière, et la masse sombre s'éclipsa. Anne la regardait, interloquée. Elle avait un peu levé le bras, comme prête à prendre le stylo qu'elle lui tendrait pour une dédicace. Lise lui adressa un signe de tête, sourit. Tourna les talons. Quitta la ruelle.

En robe de bal

Cédric contemplait sa belle. Il avait finalement dégoté les éléments manquants : le pot en inox, les jantes d'origine, le pommeau du levier de vitesses. La Golf avait retrouvé son aspect authentique, et une seconde jeunesse.

– Tu l'as tellement lustrée qu'on dirait qu'elle sort de l'usine, lâcha Rudi en s'approchant, un chiffon à la main.

Un temps d'hésitation, puis :

– On va la faire chanter sur le bitume ? proposa Cédric.

Le paysage défilait avec régularité de part et d'autre de la départementale que Cédric avait choisie pour la première sortie de sa dulcinée en robe de bal. Le jeune homme savourait la virée, un large sourire vissé aux lèvres. Une main sur le volant, l'autre sur le pommeau. La boîte de vitesses était souple, le pot d'échappement donnait de la voix quand il accélérait. Il faisait beau, le vent s'engouffrait par la vitre baissée et chahutait ses cheveux. La vie était simple, au fond.

– Elle a de beaux restes sous le capot ! apprécia Rudi. Et elle accroche sacrément la route !

– Tu m'étonnes, les pneus sont neufs et les jantes sont passées par la case « équilibrage ».

– J'ai vu ça, oui. T'as rien laissé au hasard, on dirait.

– J'ai été bien conseillé par Manolo. Il m'a aussi donné les adresses de spécialistes de confiance. Et le sellier m'a fait un prix d'ami.

– C'est un bon patron, on n'a pas à se plaindre. Tout le monde ne permettrait pas qu'on se taille en plein taf.

– Je confirme. Et… il vient de me proposer un CDI, confia Cédric.

– Tu comptais le dire quand?

– C'est tout frais.

– Et ça se fête! Ce soir, t'y coupes pas, je t'embarque au bistrot.

Dans l'assiette du voisin

Lise n'avait pas pour habitude de lorgner l'assiette du voisin, mais elle ne pouvait pas s'empêcher d'envier la bouchère du quartier, dont rien n'entamait la jovialité. Quel était son secret ? Où allait-elle puiser cette intarissable bonne humeur ? Même les jours de pluie, son visage arborait un sourire fendu jusqu'aux oreilles. En voilà une qu'on ne verrait jamais aux Ménopausées anonymes… Elle avait toujours un bon mot de côté, taquinait les habitués, et chacune des plaisanteries qui la secouaient de rires faisait l'effet d'une vigoureuse bourrade dans le dos, flanquée avec bonhomie pour vous propulser dans la journée.

Les victuailles proposées dans sa boutique rose bonbon affichaient, outre l'étiquette de rigueur, un petit drapeau en papier indiquant les propriétés du produit. Ainsi, les côtelettes d'agneau étaient censées sceller l'amitié, les joues de bœuf rabibocher les âmes fâchées, le pâté de foie souder les cœurs brisés, les brochettes de poulet épicé réchauffer les soirées d'hiver… Lise se régalait rien qu'à contempler l'étalage fourni. Et achetait plus souvent qu'à son tour le parmentier de canard réputé « réconcilier avec soi-même ». La bouchère lui adressait un clin d'œil qui creusait ses pattes d'oie, et emballait la barquette en lançant avec malice : « Et vogue la galère ! »

Ce jour-là, en quittant la boucherie avec des lasagnes destinées à « ressemeler une vie décousue », Lise philosophait gentiment. Elle songeait que la mosaïque constituait une métaphore bien tangible de ce qu'elle essayait de faire avec sa vie. Recoller les morceaux cassés, reconstituer un corps morcelé. Quant au liant nécessaire pour assembler les pièces éparses, mastic, ciment ou enduit, elle avait maintenant la robuste conviction qu'au-delà de Jeanne et Agathe, c'étaient les relations humaines qui pouvaient l'apporter. Comme l'avait dit si justement John Donne : « Nul homme n'est une île, un tout en soi. Chaque homme est partie du continent, partie du large. »

Deux phrases sibyllines

Elle n'était plus sûre du numéro sur le boulevard mais finit par retrouver le petit prospectus rectangulaire, roulé en boule au fond de sa poche. Heureusement, elle n'avait pas changé de veste. Distribué à Barbès, devant le Tati, il disait : *« Grâce à sa longue pratique, maître Komombo fera de vos problèmes un mauvais souvenir : difficultés relationnelles, perte du travail ou de l'être aimé, malchance au jeu… Demandez son aide, il vous apportera soutien et soulagement en toutes circonstances. »*

Pour choisir son marabout, Lise s'en était remise au hasard – une méthode pas plus bête qu'une autre, certains jouaient bien leurs décisions aux dés…

Elle poussa la porte cochère à la peinture écaillée, puis entra dans le petit appartement en fond de cour. Dans la salle d'attente, rien n'avait bougé. Le même magazine trônait sur le dessus de la pile : un *VSD* où s'étalait le bonheur du prince William et de Kate Middleton, fraîchement mariés. La même odeur sucrée et boisée flottait dans l'air. Rien n'avait bougé hormis la fréquentation de la pièce, bondée. Elle trouva cependant un tabouret en bois libre dans un coin, s'y installa aussi confortablement que possible, son sac à ses pieds. Hésitant à détailler ses compagnons d'infortune, Blancs et Noirs mêlés, elle laissa voguer ses pensées.

Les mouches n'étaient pas parties. Mais qu'espérait-elle au juste ? Il lui paraissait illusoire de penser que le marabout pouvait quelque chose pour elle. Elle avait pourtant décidé de revenir le voir. Sans doute parce qu'elle s'était sentie en confiance la première fois, avec la sensation d'avoir été écoutée sans avoir vraiment ouvert la bouche. Au fond, il lui fallait une oreille. Fût-elle surnaturelle. Neutre, de préférence. Et un œil qui la sondait sans la juger.

Elle n'envisageait toujours pas de partager ses interrogations avec Jeanne ou Agathe. Pour autant, la parole circulait mieux depuis le fameux conseil de famille autour du ficus. Agathe et elle discutaient littérature, techniques d'écriture. Et Jeanne lui avait récemment confié :

– J'ai raté une marche en quittant mon mari, mais toi, tu aurais mieux fait de te casser une jambe que de rencontrer le tien…

Lise avait pouffé et sa mère lui avait emboîté le pas. Que c'était bon ! Elle avait retrouvé le goût de rire.

Son tour d'entrer dans le cabinet arriva enfin. Elle s'installa sur le coussin sans mot dire, en habituée. Elle avait fait des recherches et savait maintenant que le bonnet porté par le marabout, un kufi, symbolisait âge et sagesse. Que le lancer d'osselets, qui existait depuis la préhistoire, portait le nom savant d'astragalomancie. Durant l'Antiquité, c'étaient des os, des coquillages, des bâtons plats ou des cailloux qu'on utilisait.

Le marabout, toujours assis par terre, la considéra longuement, muet. Il avait troqué sa tunique colorée contre une chemise et un pantalon blancs qui lui donnaient une allure inspirant le respect.

– Vous êtes revenue, dit-il enfin en plissant les yeux.

Puis il se leva, s'approcha et s'accroupit tout près d'elle. Leva la main droite et la plaça au-dessus de sa tête. Lise s'attendait à ce qu'il pratique des passes, quelque chose de spécial, mais il n'en fit rien et sa main resta en suspens une bonne minute.

– Vous vous pensez malade alors que vous êtes à mi-chemin de la guérison. Mais êtes-vous sûre de la vouloir?

Lise attendit mais rien d'autre ne vint. Il faudrait qu'elle se contente de ces deux phrases sibyllines... Comme la fois précédente, elle paya, sortit et se retrouva sur le boulevard, tout étourdie de bruits, de mouvements et d'odeurs. Et tandis que le métro la ramenait chez elle, les mots du marabout gravitaient sans fin dans son esprit.

La fêlure en lui

Cette fois, Cédric avait accepté d'entrer, de s'attarder. Petite victoire pour Gustave. Trouvant le jeune homme pâlichon, apprenant qu'il n'avait pas petit-déjeuné, Jeanne avait décrété qu'il fallait se mettre à table, et tout de suite! Elle avait improvisé une montagne de pain perdu à la vanille, couvert la table d'une farandole de pots de confiture faite maison, dans la grande bassine en cuivre d'Odette. Et pour donner à la matinée des airs de fête, elle avait débouché à grand bruit une bouteille de cidre fermier.

Le fond de la vérité? Elle avait senti la fêlure en lui, dès leur rencontre à l'hôpital, et tentait de la colmater.

Cédric, maintenant repu, était un peu perdu au milieu de toutes ces femmes qui le couvaient d'un regard bienveillant, scrutateur ou tranquille. Il redoutait la conversation qui allait s'engager, se sentait des fourmis dans les jambes. Vite, quitter la maison après avoir remercié, bien sûr – il n'était pas un sauvage. Retrouver sa Golf. Avaler du bitume.

– Elle est belle ta voiture, intervint soudain d'une voix flûtée Agathe.

Coincé, songea Cédric.

– Elle a un nom? reprit la jeune femme.

– Un nom?

– Lise appelle sa vieille voiture la carriole. D'autres ont une titine.

– Euh… non, je ne l'ai pas baptisée.

– On peut lui en trouver un. C'est important que les choses aient un nom.

Ma Golf n'est pas une chose, pensa Cédric, mais il se retint de lâcher un commentaire.

La remarque n'était pas méchante, on ne le visait pas. Pourquoi toujours rester sur la défensive? Le souvenir de la prison finirait-il par s'effacer?

Remarquant l'attitude raidie du jeune homme, Jeanne expliqua:

– C'est la marotte d'Agathe. Les mots. Elle n'en a jamais assez! Je collectionne les chouettes, elle c'est les mots.

– Les chouettes? Je m'y connais un peu, hasarda Cédric.

– Vraiment?

– J'ai lu un livre, une fois.

– Oh, fit Jeanne, sans indiquer qu'elle en avait lu plusieurs.

– On pense parfois que la chouette est la femelle du hibou, mais c'est faux. En fait, ils ne sont pas de la même espèce. Pour les différencier, il faut savoir que le hibou porte des aigrettes sur la tête. Par contre, ils appartiennent tous les deux à la famille des rapaces.

Mis en confiance, Cédric développa: la capacité de l'animal de tourner la tête à deux cent soixante-dix degrés, son plumage cryptique lui permettant de se fondre dans le décor, les chouettes autrefois clouées sur les portes des granges pour éloigner le mauvais sort. Il avait quelque chose à dire, ce n'était pas un sujet-piège et on l'écoutait avec attention. Le moment était agréable.

Tout à coup, il se tut, sans avoir épuisé le sujet. La tête lui tournait un peu, à cause de son monologue, pas à cause du cidre.

Bien sûr, il avait omis de préciser que le livre en question provenait de la bibliothèque du centre pénitentiaire. La couverture, qui montrait l'oiseau les ailes fièrement déployées, prêt à fendre la nuit, lui avait tapé dans l'œil. Il lui avait fallu du temps pour comprendre que c'était le symbole, cette liberté souveraine, qui l'avait séduit.

La conversation tourna ensuite autour de la météo, des semis de Jeanne, puis s'étiola. Cédric en profita pour se lever, dégourdir ses longues jambes de monté en graine. Il fit ses adieux, gauche, tendit la main mais on lui claqua des bises sur les joues. Et on l'invita à revenir.

Au moment de partir, cramoisi, juste avant que la porte se referme, il entendit Jeanne déclarer à Gustave :

– Il me plaît bien, ce petit !

Des idées sur le papier

Les Xoltaniens avaient tellement évolué, ressemblant de plus en plus aux humains, mimant leurs attitudes et leurs comportements, qu'on n'arrivait plus à les distinguer. Ils pouvaient se mêler à eux sans craindre d'être démasqués. Les plus doués parvenaient même à modifier leurs traits au point d'imiter ceux des spationautes.

Agathe jetait des idées sur le papier : elle allait aborder l'évocation du conseil de guerre réuni par Xoltar, avec ses plus proches généraux et des scientifiques. Leur planète étant mourante, ils voulaient en coloniser une autre. Seulement, leur technologie n'était pas assez avancée pour qu'ils quittent leur foyer et rallient la Terre, leur civilisation s'avérait assez primitive au fond. Si bien qu'il faudrait utiliser le vaisseau spatial humain. Durant le conseil de guerre, houleux, les avis étaient partagés. Fallait-il exterminer les Terriens ? Ou demander l'asile sur Terre, se diriger vers une cohabitation raisonnable ? Xoltar était favorable à la solution pacifique. Il serait renversé par deux de ses généraux.

Agathe transcrirait tout sur l'ordinateur, plus tard. Elle avait besoin dans un premier temps de ce contact avec le papier, primaire, charnel. De ce corps-à-corps que ne permettait pas la machine. De cette chaleur qui la gagnait, jusqu'à la crampe qui bloquait sa main recroquevillée sur le stylo. Et des souvenirs d'enfance remontaient…

En découdre

L'abruti blindé de testostérone, arrêté au feu rouge comme lui, faisait vrombir le moteur de sa Subaru Impreza. Le regard vissé bien profond, il défiait Cédric avec sa voiture bidouillée.

Le sang de Cédric ne fit qu'un tour, l'adrénaline gicla dans ses veines. Son pied gauche enfonça l'embrayage, le droit se mit à jouer de l'accélérateur, appuyant dessus à intervalles réguliers, nerveux. La Golf rugissait, montait dans les tours. Joueuse, elle ne demandait qu'à en découdre.

Le signal piéton devint rouge. Nouveau duel de regards avec le frimeur d'à côté. Cédric ressentait une telle tension, une main crispée sur le volant, l'autre sur le levier de vitesses, qu'il n'aurait pas été surpris de pouvoir lacérer au couteau l'air de l'habitacle. Les gaz qui s'échappaient de leurs pots d'échappement lui montaient à la tête comme les vapeurs d'un alcool fort. Il était prêt.

Le feu passa au vert, la Subaru jaune bondit dans un grand crissement de pneus, fusa sur l'asphalte, laissant derrière elle une trace de gomme, se réduisit bientôt à deux points lumineux dans l'obscurité. Pas étonnant, ce genre de bagnole poussée à fond de compteur avalait le zéro à cent en 5,2 secondes.

Cédric repartit posément, mit la seconde sans se presser, puis la troisième. Les battements de son cœur s'apaisèrent. Il alluma la radio, se prit à siffler. Ce rodéo perdu, c'était sa victoire.

Deux blondes bien fraîches

Depuis quelque temps, Cédric buvait des coups avec Rudi. La virée à bord de la Golf avait fini de les rapprocher. Leur entente s'était rapidement rodée : un regard entendu en fin de journée, et après le décrassage des mains, ils prenaient le chemin du bar PMU le plus proche. Le patron, un chauve au ventre généreux, les accueillait d'un signe de tête puis alignait sur le comptoir deux blondes bien fraîches.

Ils s'installaient sur les tabourets hauts dont le skaï se déchirait, parlaient bagnole ou sirotaient leur bière en écoutant les conversations autour – politique, écologie, faits divers sordides, bruits de quartier… De temps en temps ils se regardaient, rigolards, sans intervenir, échangeaient un coup de coude.

Cette chaleur faisait du bien à Cédric. Quand il quittait le bar, il se sentait ragaillardi, comme porteur d'une armure. L'impression perdurait durant le trajet du retour. C'était encore autre chose que la présence rassurante et policée de Gustave. Rudi parlait trop fort, riait trop fort, il enfournait les cacahuètes à la pelle, portait des tee-shirts aux couleurs criardes et sentait souvent la transpiration en fin de journée, mais il avait le regard franc et une poignée de main solide.

Fred et Benco ? Ils avaient bien essayé de s'incruster au début, mais la soirée avait tourné court devant le mutisme et la mine fermée de Cédric. Il avait compris qu'ils n'étaient pas du même monde, ne s'aventurerait pas sur leur territoire. Pas envie de partager quoi que ce soit avec eux. Ni de s'exposer à leurs railleries, ni de subir leurs blagues pourries.

Rudi et lui devenaient potes, c'était certain, mais seraient-ils un jour amis ? Pourrait-il lui parler poésie, par exemple ? Pour l'instant il tâtait le terrain avec des prudences de Sioux.

Un voyage dans le temps

Lise comprenait maintenant les paroles énigmatiques du marabout : « Vous vous pensez malade alors que vous êtes à mi-chemin de la guérison. Mais êtes-vous sûre de la vouloir ? »

Les mouches n'avaient pas reparu depuis quinze jours, et elle s'était rarement sentie aussi mal. L'essaim ne lui manquait pas, oh que non, mais Anne aussi l'avait désertée et elle regrettait sa présence. Sans elle, elle avait le sentiment d'être incomplète, bancale. Elle tanguait même physiquement, se raccrochait aux murs. Avait dit adieu aux talons. Au creux de son ventre, un grand vide. D'abord perturbée, elle avait assez vite senti une forme de panique la gagner. Ainsi que l'impression d'avoir été jetée dans le grand bain alors qu'elle venait tout juste d'apprendre à nager.

Xavier, remarquant son trouble, la questionna un soir qu'ils dînaient aux Horloges. Elle finit par lui avouer le fin mot de ce qui lui arrivait. L'assurance que lui procurait le syndrome Anne, le goût de la vie qu'il lui avait rendu. Son impuissance et son désespoir face à la disparition du phénomène, alors qu'elle voulait seulement chasser ces foutues mouches.

– J'ai tout tenté pour les faire revenir : me frotter frénétiquement les yeux, cligner des paupières à répétition, les tapoter, fixer un miroir ou une lampe sans ciller jusqu'à la brûlure, éplucher des oignons… Tu me trouves ridicule, hein?

Pas dérouté pour un sou, il trancha la question d'une simple phrase:

– Tu n'as pas besoin de béquille.

– Mais je…

– Il t'a peut-être fallu un… accompagnement pendant un temps, comme ces personnes qui bénéficient de l'aide d'un coach, seulement je pense que cet accompagnement a juste fait remonter ta nature profonde à la surface.

– Ma nature profonde?

– Tel que je vois les choses, tu as toujours été une femme affirmée. Malheureusement, le comportement de ton mari t'a sapée. Coupé les jambes.

– Tu crois vraiment?

– Tu n'as qu'à essayer de te souvenir de celle que tu étais avant.

Avant? Autant chercher une aiguille dans une botte de foin, songea Lise, qui fonctionnait de la même façon depuis des années.

Sa réflexion patina, se heurta aux mêmes images de lassitude et d'abattement; elle tournait en rond. Puis elle fournit un nouvel effort et des souvenirs plus anciens vinrent frapper à la porte.

Ses premiers pas d'enseignante et la passion qu'elle nourrissait pour sa mission pédagogique, l'éducation d'Agathe qu'elle avait assumée seule ou presque, leur foyer porté à bout de bras, les courses et la comptabilité dont elle se chargeait pour que son mari puisse se retrancher dans son bureau jour et nuit. Elle agissait sans trembler, avançait et constatait avec satisfaction les résultats de ce qu'elle entreprenait. Et cette joie de vivre qui la portait malgré les avanies de l'existence…

Comment avait-elle pu oublier ? Enterrer cette partie d'elle-même ?

– Au fond, c'est comme Dumbo, conclut-elle à voix haute, reconnaissante à Xavier de lui avoir permis ce voyage dans le temps.

– Dumbo ?

– Il n'a pas besoin de sa plume pour voler.

Au grand air

Leurs articulations raidies leur interdisant de s'asseoir par terre, sur la couverture déployée par Lise, Jeanne et Gustave avaient emporté des petits sièges pliants à rayures bayadères, à la toile un peu fatiguée. Il avait fallu parcourir deux bons kilomètres, franchir des fourrés, écarter des branches menaçant de leur cingler le visage : la clairière, inconnue des culs-pincés, se méritait. Gustave avait laissé échapper un « Oh ! » d'enfant ravi en la découvrant, et Jeanne lui avait pressé la main, heureuse de cette surprise réussie. L'espace, presque parfaitement circulaire et couvert d'une herbe épaisse, têtue, était ourlé d'arbres élancés, comme des doigts fuselés pointant, tout en haut, la large trouée de ciel.

Il régnait un calme bienfaisant, suspendu, que traversaient les chants des oiseaux et, à présent, leurs rires et leurs discussions. Xavier, l'air un peu ailleurs mais en réalité concentré à l'extrême, écoutait Lise en taillant avec son Opinel un bout de bois ramassé en chemin. Adeline, sa jupe étalée en corolle, souriait en balançant doucement la tête aux notes d'une sonate qu'elle était seule à entendre. Cédric aussi était des leurs ; il avait amené Gustave comme ils en avaient pris l'habitude, puis était resté. Jeanne se félicitait de l'avoir invité à brûle-pourpoint : il n'avait pas eu l'occasion de trouver un prétexte convenable pour s'esquiver.

Encore un peu emprunté en leur présence, cherchant à s'occuper les mains, le jeune homme entreprit de déballer le contenu du panier de victuailles avec le concours d'Agathe. Cake aux olives et au jambon, saucisson à l'anis, salade de riz, terrine aux gésiers de volaille et baguettes croustillantes, salade de fruits à la menthe… Jeanne avait eu les yeux plus gros que leurs ventres, comme chaque fois. Ils finiraient les restes les jours suivants, voilà tout. Ces instants étaient précieux, il fallait les savourer. Goûter la présence des autres comme on déguste un vin soyeux.

Ils étaient venus fêter l'achèvement du toit. Ils avaient tardé à le faire, attendant les beaux jours. La Bicoque s'était refait une beauté. Ils étaient venus fêter la vie aussi, mais aucun ne l'aurait dit à voix haute : trop pompeux. Ils repartiraient au soir tombant, en file indienne, délicieusement las de soleil et de grand air.

Au fur et à mesure

Agathe n'avait pas fait de plan. Xavier aurait parlé de charpente. Ou d'ossature. Elle se forgeait une méthode de travail au fur et à mesure. Étayait la structure en revenant sans cesse en arrière pour relire. Installait de nouvelles poutres, donnait des coups de rabot prudents.

Tout était tâtonnement, et elle se sentait parfois dans la peau de Christophe Colomb découvrant les Amériques alors qu'il pensait faire route vers les Indes.

Grâce aux Post-it de Xavier, à ses conseils en pointillé, elle avait gagné en recul, et, embrassant désormais le panorama, elle avait jugé que son texte manquait de relief. Alors elle avait tout repris.

Elle avait osé les ellipses, s'était arrachée à l'emprise du rythme ternaire, avait tenté des choses. Elle s'était enhardie : détournant certaines expressions, bousculant la ponctuation, court-circuitant adverbes et adjectifs pour employer des verbes plus précis, plus riches de nuances.

Agathe avait l'impression que son récit y avait gagné, que la beauté formelle avait cédé du terrain au profit de l'acuité du discours.

Le fragile échafaudage des débuts avait cédé la place à une construction aux fondations solides, lui semblait-il. Comptait désormais deux cent cinquante pages bien tassées, une liasse de feuilles qui tutoyait les hauteurs. La souris avait accouché d'une montagne.

Elle avait tapé le point final d'une main fébrile. Imprimé le texte à l'université, se retournant régulièrement pour regarder autour d'elle comme si elle se livrait à une activité illicite. Mais personne ne se préoccupait d'elle, la ruche bourdonnait toujours, chacun à ses occupations.

Tandis qu'elle tendait le manuscrit à Xavier, à qui elle n'avait volontairement plus rien donné à lire depuis plusieurs semaines, ses doigts tremblaient encore. Sa bouche ? Du carton. Il avait fait claquer d'un air satisfait le gros élastique qui maintenait les feuilles ensemble, ses yeux souriaient et il avait lâché : « Je vais regarder ça. »

Depuis, les charbons ardents.

La chaleur familiale

Désormais, chaque fois que Cédric conduisait Gustave à La Bicoque, Jeanne sortait de la meulière, prenait le jeune homme par le coude et le faisait entrer. Les excuses de celui-ci pour s'en aller se heurtaient à un refus tranquille mais inflexible. Puis elle le régalait de pain perdu ou d'une brioche pansue et luisante, préparée la veille. Elle découpait des tranches généreuses, l'incitait à reprendre du beurre, du miel. Plus le temps passait, moins il résistait. Il se tournait juste vers Gustave pour le prendre à témoin, et le vieil homme lui adressait un regard faussement compatissant en haussant les épaules, l'air de dire: « Je n'y suis pour rien ».

Jeanne avait compris que Cédric était habile de ses mains et tout lui servait de prétexte pour le mettre à contribution, le faire s'attarder dans la chaleur familiale: la chaudière capricieuse, un vieux vélo rouillé dont la chaîne avait sauté, un tiroir qui avait perdu sa poignée… Cédric qui aimait rendre service s'en réjouissait. Appréciait de se sentir utile. Pas naïf non plus, il voyait bien que la vieille dame se creusait la tête d'une visite à l'autre, il la suspectait même de provoquer certaines pannes – mais ça la lui rendait plus sympathique encore. Touchante.

Quant à Lise, il avait assisté à sa mue. Elle dégageait plus de chaleur, une onde d'un rouge plus intense. Elle paraissait plus relax, même quand elle corrigeait ses copies sur un coin de table. Disparu, le pli amer au coin de sa bouche. Et cet éclat dans ses yeux !

Agathe ? Discrète, on aurait presque pu l'oublier quand elle se taisait. Elle devait passer entre une affiche et le mur sans la décoller. Seulement il suffisait qu'elle sourie, et tout son visage s'éclairait. Elle parlait peu, mais ses interventions étaient toujours pleines de bon sens et mesurées, comme posées sur le plateau d'une balance invisible. Souvent, au beau milieu d'une conversation à laquelle elle ne participait pas, elle se levait et disparaissait en direction de l'escalier, l'air fiévreux. Jeanne l'excusait avec indulgence, faisait mine de griffonner sur du papier pour expliquer quelle mouche la piquait.

Cédric souriait en repartant au volant de sa Golf. Cette famille gagnait à être connue, il sentait qu'elle prenait plus de place dans son cœur. Au premier coup d'œil, elle ne paraissait pas très assortie, tant les caractères de ses membres – leurs couleurs – se révélaient différents, mais en réalité elle était soudée comme les doigts de deux mains solidement nouées. On aurait pu croire que Lise en assurait la cohésion, mais c'était en réalité Jeanne, le ciment.

À petits pas de chat

Ne fallait-il pas se méfier des injonctions à la beauté comme des injonctions au bonheur ? Lise, qui profitait de son bain pour se donner un coup de rasoir sur les jambes, se sentait prête à ne plus traquer frénétiquement tout soupçon de poil façon ayatollah. Prête à ne plus écouter son petit tyran domestique – ce diablotin juché sur son épaule, comme dans les cartoons de Tex Avery – qui lui soufflait qu'elle était trop comme ci, pas assez comme ça. Qu'elle aurait dû faire ceci, ne pas faire cela. Elle l'avait baptisé d'un nom indien : Haleine de chacal.

La dernière fois qu'elle avait entendu sa voix rocailleuse, il tenait des propos nauséabonds sur ses poignées d'amour. Elle avait essayé de faire la sourde oreille mais il l'asticotait, lui donnait des petits coups de fourche chauffée à blanc dans le cou. Elle aurait aimé lui couper la chique d'un bon mot qui claque comme un coup de fouet, mais rien ne lui était venu. Il campait sur son épaule gauche, hilare. C'est alors qu'elle avait voulu convoquer Anne – sans avoir besoin de béquille, elle avait bien le droit de faire appel à une amie en cas de galère, non ?

De toutes ses forces, elle avait donc essayé de visualiser Anne. Et à sa grande surprise, l'humoriste s'était matérialisée sur son épaule droite. Sanglée dans une tunique rouge à petites basques, moulée dans un pantalon rouge, armée d'une épée étincelante beaucoup trop grande pour elle, une expression féroce sur le visage, elle avait tout l'attirail du redresseur de torts.

Une lutte farouche s'en était suivie, Anne sautant sur l'épaule gauche de Lise pour affronter le diablotin et lui porter de furieux coups d'estoc, esquivant sa fourche avec adresse. Elle avait fini par le faire trébucher, s'étendre de tout son long, et avait pointé son épée sur sa gorge avant de poser sur son torse un pied conquérant. L'importun s'était alors évaporé, abandonnant derrière lui des effluves pestilentiels. Anne avait disparu à son tour, radieuse, avec un *plop* sympathique.

Lise avait bien conscience que son petit tyran reviendrait, c'était son rôle ancestral, mais au moins elle savait désormais comment le recevoir.

Son horizon se dégageait. Pouvait-on parler d'une sérénité naissante ? Non, d'ailleurs ce mot-là était galvaudé, mais l'acceptation de soi s'invitait à petits pas de chat. Après tout, l'essentiel dans la vie était que chacun se sente bien dans son couloir de nage.

Des fourmillements révélateurs

Xavier tourna la dernière page du manuscrit, prit encore quelques notes avec son stylo-bille vert mâchouillé. Dans ses doigts, les fameux fourmillements qui s'emparaient toujours de sa main gauche quand il voulait publier un texte.

Le constat était simple : Agathe avait parfaitement assimilé ses conseils, s'était approprié les outils qu'il lui avait donnés. *Les Lunes bleues*, son roman, ne relevait pas uniquement de la science-fiction ; on pouvait y lire, en creux, un portrait critique de leur propre société. L'œuvre était éclectique, avec de l'humour, des moments de poésie qu'il avait déjà pu apprécier. Des flash-backs parfaitement maîtrisés rythmaient l'intrigue, sans temps mort. Tout tenait en équilibre, chaque élément avait sa raison d'être. L'univers forgé de toutes pièces se révélait crédible, les personnages avaient du coffre. Quant à la langue… Aboutie, avec des accents novateurs. Il avait surligné en fluo des passages entiers.

Le seul bémol ? La fin en queue de poisson. Comme si l'autrice, après avoir jeté ses dernières forces dans la bataille, était venue mourir sur la page. Mais il y aurait moyen d'y remédier, il avait déjà des idées. Il lui tardait de les soumettre ! Sans compter qu'il sentait qu'il y avait matière à un second tome. Et ses fourmillements reprirent de plus belle.

Un grand feu de joie

La tête lui tournait. Était-ce la valse lente ? Le délicieux vin doux qu'elle avait siroté avant de partir ? Le bras de Gustave autour de sa taille ? Sans doute les trois.

– Je suis un peu grise, annonça Jeanne dans un éclat de rire.

Et Gustave, superbe avec le foulard motif cachemire dont elle lui avait fait cadeau le soir même, ralentit encore l'allure. C'était pourtant son anniversaire à elle, mais Jeanne préférait offrir plutôt que recevoir.

Toute la petite ville semblait s'être réunie pour fêter la Saint-Jean. L'arrivée de l'été. La place principale, ornée de fanions de toutes les couleurs, accueillait une sono et une buvette. Elle grouillait de monde. Oubliées, les prises de bec autour du terrain de boules ! Culs-terreux et culs-pincés se mêlaient sur la piste dans une belle harmonie. En fin de soirée, on allumerait un grand feu de joie et on danserait tout autour.

C'était le couronnement d'une journée parfaite. Le matin, après un solide petit déjeuner, ils étaient allés nettoyer et fleurir la tombe d'Odette. Ça n'avait rien d'un moment triste ou désagréable pour Jeanne, qui en profitait pour raconter les derniers potins à sa belle-mère, lui faire des confidences en brossant la pierre tombale.

– Je voudrais te présenter quelqu'un, avait-elle déclaré d'une voix claire, ce jour-là, en prenant la main de Gustave. C'est un homme gentil, doux et attentionné. Ça me change de Gaston qui a la sensibilité d'un caillou, si tu permets ! Il aime mon chocolat, il aime mon jardin, il aime La Bicoque. Et moi je l'aime.

Gustave avait pressé sa main, ému au possible. C'était la première fois que Jeanne prononçait ces trois mots pour lui. Des mots qu'on aurait pu croire usés, depuis le temps, mais dans sa bouche, ils avaient la vigueur d'un printemps renouvelé.

Ensemble, ils avaient planté des pensées et des alysses à la douce odeur de miel, dans le bac au pied de la tombe. De la mousse courait le long, mais Jeanne préférait laisser « un peu de verdure sauvage ». Ce n'était pas un de ces cimetières longs et démoralisants comme un jour sans pain ; grimpant à l'assaut d'une petite colline, ses allées escortées d'arbres échevelés lui dessinaient même un visage souriant.

Après le déjeuner, lestés d'un délicieux rôti de bœuf accompagné d'un gratin dauphinois, ils avaient fait une longue promenade sur le chemin de halage. Ils avaient observé le vol des hirondelles, les mouettes qui criaillaient, suivi le cours des rares nuages. S'arrêtant régulièrement pour détailler les péniches, commenter leur état. S'inventant des voyages extraordinaires, des croisières au bout du monde. Malgré la douceur du jour et le parfum des fleurs de marronniers roses qui s'invitait dans leurs narines, Jeanne avait insisté pour qu'ils fassent demi-tour : Gustave avait tendance à présumer de ses forces depuis l'opération, et elle voulait danser avec lui ce soir-là.

Puis ils avaient lu assis sur le canapé du salon, chacun dans son livre et dans la chaleur de l'autre. De temps en temps, Gustave posait la main sur la cuisse de Jeanne. Et elle souriait, sans quitter sa lecture.

Après un dîner léger, blanc de poulet froid et salade verte, Lise avait proposé un petit digestif. Gustave avait parlé de vin « moelleux » en découvrant la bouteille de muscat qu'elle apportait, et Jeanne s'était moquée de lui avec tendresse.

En fin de compte, même Lise s'était laissé tenter par la fête de village qu'elle boudait pourtant chaque année, enfilant au dernier moment une robe droite d'un magnifique carmin. Quant à Agathe, elle avait laissé en plan le retravail sur *Les Lunes bleues* pour les accompagner.

Le moment était maintenant venu d'enflammer le monticule de branches enchevêtrées. Quatre jeunes du village, postés au nord, au sud, à l'est et à l'ouest, s'en chargèrent à l'aide de longs bâtons qu'allumèrent des adultes. Le feu mit du temps à prendre, chacun retenait son souffle, puis les flammes escaladèrent finalement le tas de branchages, toujours plus haut, jusqu'à partir à la conquête du ciel – comme la joie de Jeanne.

Un uniforme impec

Il allait se faire aligner, c'était sûr. Il avait sans doute exagéré avec le pot d'échappement, pourtant on lui avait assuré que les décibels restaient dans les clous. Que la voiture était homologuée pour la route. Ça lui apprendrait à se fier aux ondes colorées que dégageaient ses interlocuteurs. Le spécialiste irradiait un bleu azur qui lui avait fait baisser la garde.

Cédric, front plissé, regardait avec une trouille grandissante le flic qui faisait le tour de sa voiture en hochant la tête. Le second, un colosse de deux mètres au bas mot, restait à ses côtés, impassible, les mains sur les hanches. Un trait dur à la place de la bouche.

– Beau boulot! lâcha finalement le premier en revenant vers eux.

Jouait-il avec lui, comme le chat avec la souris? Usant de son autorité dans son uniforme impec?

– Quoi? parvint à prononcer Cédric, les joues en feu.

Il attendait le coup de grâce, la tête rentrée dans les épaules.

– Je dis: beau boulot. Vous l'avez fait faire où, la restauration?

Cédric indiqua le garage où il bossait. Osa préciser qu'il avait réalisé tout le travail.

– Je passerai à l'occasion. J'ai une youngtimer qui aurait bien besoin d'un petit coup de frais. Une Renault 5 Turbo que m'a laissée mon père.

Une tape sur le capot, et les deux policiers repartirent d'un pas tranquille sans même avoir demandé à voir son permis ou les papiers du véhicule.

Avec curiosité et gourmandise

« Je sais maintenant que mon âge n'est pas un naufrage, c'est le reflet de l'expérience que j'ai engrangée. Je peux encore transmettre. Et apprendre. De mes élèves à la jeunesse bouillonnante, de Jeanne, d'Agathe. De Xavier. De Cédric, entré dans nos vies à reculons.

J'ai relu ce qui précède dans ce journal. Je suis effarée de ce que j'y trouve. Mais aussi, heureuse et fière du chemin parcouru. Je me sens libérée de ce moi aux portes de l'aigreur.

Libérée, et libre de porter ce qui me chante. De ne pas mettre de maquillage. J'apprivoise peu à peu mes rides, qui témoignent de mon vécu. Elles font partie de moi.

Je pense toujours que la ménopause est la dernière étape biologique avant la mort. Je pense toujours que nous évoluons sur un plancher branlant. Je ne sais pas si j'arriverai un jour à me défaire de ces idées, mais je sais aussi que je ne suis pas seule. On m'accompagne sur ce chemin qui se dévoile petit à petit. Je ne dois pas me laisser plomber, au risque de passer à côté de nouvelles expériences, de nouvelles sensations. De nouveaux bonheurs.

Pourquoi ne pas prendre exemple sur maman ? Elle est comme un chêne solidement planté, les deux pieds dans la vie. Attentive à l'instant présent. Elle croque l'existence avec curiosité et gourmandise. J'ai beaucoup à apprendre d'elle.

Et Agathe ? Nos rapports sont plus sains, plus directs. Je m'autorise de nouveau des gestes de tendresse. Et je me réjouis de la voir s'épanouir.

Je suis toujours une femme approximative. La belle affaire ! La perfection n'est pas de ce monde. L'important ? Être alignée avec ses envies, ses désirs. Je découvre peu à peu ce que je veux réellement, ce qui ne me correspond pas ou plus. Tout était enseveli sous des tombereaux de lassitude et de ressentiment, il faut finir de déblayer la place. Mais là encore, je ne suis pas seule. Je me suis longtemps fermée à l'autre. Il est temps de tourner la page ! De faire en sorte que la vie tombe plus souvent du bon côté de la tartine.

Quant à mon corps-puzzle, je me remets à l'habiter. J'ôte peu à peu les pelures d'oignon qui m'asphyxiaient. Je retourne à la piscine, les longueurs que j'enchaîne me font entrer dans un état contemplatif ; j'ai repris mes marches dans la ville, nez en l'air, au hasard des rues. Il m'arrive d'emporter un appareil photo, et je bombarde les œuvres de street art. Pas besoin de plan ni d'itinéraire, je suis tranquille, il y a toujours un métro pour me ramener chez moi.

Si tu me lis malgré tout maman, si tu t'es hissée sur la pointe des pieds et que tu as farfouillé derrière la pile de vêtements : je t'aime. Tu es le feu dans l'âtre, la couette remontée les soirs d'hiver, la ritournelle qui ne nous quitte plus. Je t'aime aussi, Agathe. Tu es ma raison d'être, mon trésor. Ma beauté. »

Regarder autour de soi

C'étaient des gaufres cette fois. Dorées et cuites à la perfection, comme il les aimait : croustillantes dehors, moelleuses dedans. Saupoudrées de sucre glace, de cassonade. Cédric, la bouche pleine, avait plaisanté avec Jeanne : si elle s'obstinait à le gaver, il finirait par ne plus entrer dans sa Golf. Ou alors avec un chausse-pied. Elle avait répondu, non sans lui donner une petite tape amusée sur l'épaule, qu'il y avait de la marge.

Gustave, regardant par la fenêtre, avait qualifié le temps de « brumardeux » et tous les autres avaient échangé des regards complices sans le reprendre. Cédric songeait que le vieil homme était un poète, à sa manière. La poésie s'offrait partout, il suffisait de regarder autour de soi, de tendre l'oreille. Le monde était un chant auquel chacun pouvait contribuer à sa façon, aussi ténue soit-elle. Un appel, aussi. Celui du sang dans les veines, de la sève dans les arbres. De l'eau dévalant les collines, ruisseaux joyeux. Et Cédric de penser à Giono, à Pagnol. À la nature qui sans cesse reverdissait. À ses promesses renouvelées.

Un autre motif le rendait heureux, gonflé d'émotion et de reconnaissance. Un grand événement s'annonçait, des réjouissances pointaient le bout de leur nez. On l'avait invité, il avait accepté sans réfléchir, le cœur au bord des lèvres. Pour un peu, ses pieds auraient quitté le sol.

Des bulles de savon s'envolaient

Ils avaient voulu un buffet champêtre. Le pâté en croûte côtoyait les rillettes d'oie et la mousse de canard, le pain de campagne coupé en tranches épaisses débordait des corbeilles tressées ; il y avait plus loin, sur la longue table à tréteaux, des saladiers de crudités, de la mâche, du jambon blanc et de pays, du saucisson, un plateau de fromages affinés, des coupes garnies de fruits. Et, aux deux extrémités, tout un stock d'un vin frais, fruité, qui dansait sur la langue. Les assiettes, en porcelaine, étaient dépareillées mais toutes s'enorgueillissaient d'un motif fleuri, patiné par le temps. Certains verres, en cristal, avaient le pied un peu ébréché.

Le divorce d'avec Gaston avait été prononcé un mois plus tôt. La procédure avait été lancée quatre mois auparavant, à l'initiative de Jeanne, après qu'elle avait enterré ses griefs au pied du forsythia. Étonnant de constater qu'un peu de paperasse, quelques signatures suffisaient pour renoncer à soixante ans d'une relation, fût-elle surtout contractuelle. Il faut dire qu'il s'agissait d'un consentement mutuel, Gaston n'avait pas cherché à sauver les meubles, échaudé par les réactions épidermiques de Jeanne.

Celle-ci contemplait la bague ancienne à son annulaire gauche. Elle n'avait pas encore l'habitude que son doigt ne soit plus nu. Le bijou était en argent, orné d'une magnifique émeraude enchâssée dans un chaton ouvragé de forme ovale. En le lui offrant, genou posé à terre pour la seconde fois, Gustave avait précisé qu'il appartenait autrefois à sa mère, Éliette. Une battante, veuve trop tôt, qui tenait un magasin de tissus, vendant aussi rubans et boutons. « Il y a beaucoup d'amour dans cette bague », avait-il ajouté, les yeux rougis.

Le mariage s'était déroulé sans anicroche. Paisible comme eux deux, sûrs de leur fait. La pluie avait bien précipité des invités dans la mairie avant l'heure, mais Jeanne avait lancé au reste du cortège : « Mariage plus vieux, mariage heureux ! » Le maire ceint de l'écharpe réglementaire paraissait ému, il s'était raclé la gorge plusieurs fois avant de prononcer le rituel : « Vous pouvez embrasser la mariée. » Ils avaient échangé un baiser, toute l'assemblée avait applaudi, et à la sortie de la mairie, des bulles de savon s'envolaient.

Rayonnante dans son tailleur champagne, Jeanne avait épinglé au revers de sa veste une broche en or figurant une chouette. Gustave, impeccable comme toujours dans un fringant costume anthracite, avait sorti sa canne à pommeau d'argent. Agathe, qui donnait le bras à Adeline, en polo et jupe plissée blancs, avait choisi une robe en lin couleur bronze qui mettait en valeur ses taches de rousseur, tandis que Lise, ô surprise, avait revêtu un tailleur fluide de sa teinte favorite. Xavier, fidèle à lui-même, promenait sur tout un regard approximatif, dans un costume qui en avait vu d'autres.

Ils étaient une vingtaine, les deux aînés avaient invité les plus proches et puis, à leur âge, les rangs des parents et des amis se clairsemaient. Gaston, convié à des fins d'apaisement, avait choisi de ne pas venir. Cédric, qui pour une fois avait renoncé à sa tenue sport et tombé la casquette, prenait très au sérieux son rôle de témoin de Gustave, s'assurant que personne ne manque de rien.

Il faisait beau désormais, le ciel comme lavé. Le temps s'était mis au diapason d'un bonheur sans nuage, plus rien ne menaçait le buffet sorti au dernier moment dans le jardin de La Bicoque, près du carré de prairie. Ni les tenues coquettes, ni les chapeaux de paille.

Dessous courait du lierre

Cédric, qui avait attendu le dernier moment pour offrir son cadeau, se balançait d'un pied sur l'autre. L'inquiétude lui grignotait le ventre devant le silence de Jeanne. Pourtant, il avait même pensé aux trous pour fixer l'objet en façade avec des vis.

Jeanne leva enfin les yeux, remarqua la pâleur du jeune homme, comprit le malaise naissant.

– Excuse-moi, je suis muette d'admiration. C'est toi qui l'as faite ?

– Oui. Je l'ai découpée à la scie à chantourner. C'est un pote du garage qui me l'a prêtée.

Jeanne hocha la tête, se remit à contempler l'enseigne qui associait le numéro de La Bicoque et son nom en lettres ouvragées. Dessous courait du lierre, autour s'épanouissaient des fleurs en forme de trompette qui avaient tout de volubilis.

– C'est du zinc, reprit Cédric que le soulagement rendait bavard. Comme il sera à l'air libre, il risque de foncer. Mais avec de l'ammoniaque…

La fin de sa phrase fut étouffée par deux bras qui se nouèrent autour de lui, résolus. Pas question de discuter ! Jeanne posa même la tête contre son torse. Après un temps d'hésitation, il la serra contre lui à son tour. Elle sentait le bon pain.

Un tableau contrasté

Les embardées de la vie ne l'avaient pas épargné. Cédric avait payé le prix fort. Même si, pour se montrer parfaitement honnête, « l'épisode » de la prison était entièrement de sa faute. Il avait cherché les emmerdes, il les avait trouvées. Passage à l'ombre, retour à la case départ. Ou presque. De toute façon à l'époque, il allait droit dans le mur. Dominer le sang qui bouillonnait parfois en lui serait peut-être le travail de toute une existence. Mais il n'était plus seul.

Il y avait Gustave avec ses manières douces, qui avait le don d'arrondir ses angles. Jeanne qui le gavait comme une oie à foie gras. Sa tendre fermeté quand elle l'entraînait vers la table, sans lâcher son coude osseux. Lise qu'il fallait encore finir d'apprivoiser. Agathe qui se dévoilait peu à peu, avec qui il pourrait parler de ses lectures. Manolo qui lui avait fait confiance à une période où il n'était plus qu'un chien perdu sans collier. Sans oublier Rudi, qu'il avait invité dans sa piaule. Qui s'était arrêté devant les recueils de poésie s'entassant à même le sol. Qui lui avait demandé, le regard incrédule: « Ils sont tous à toi? » Sa bouche n'avait pas frémi, il n'avait pas lâché de vacherie. Il avait pris un des ouvrages, *Vrouz* de Valérie Rouzeau, celui dans lequel Cédric avait mis à sécher le trèfle à quatre feuilles offert par Jeanne lors du pique-nique ; il l'avait feuilleté, avant de commenter, rassuré : « Ça va, ils sont pas trop longs. » Puis il avait eu quelques phrases pour évoquer la poésie scolaire, les récitations devant le tableau vert et son rythme de TGV pour en finir le plus vite possible, retourner s'asseoir et ravaler sa gêne. Cédric se disait qu'il avait eu du bol. Quels que soient les enseignants, bons ou mauvais pédagogues, il avait toujours aimé dire des poèmes, savourer les mots choisis avec soin par un autre que lui, même si parler en public, ça n'avait jamais été sa came.

Tout ça formait famille. Toutes ces ondes colorées composaient le tableau contrasté dans lequel il évoluait. D'autres, moins chanceux que lui, n'avaient pas tiré les bons numéros au loto de la vie et traîneraient ça jusqu'à la fin. Sa bonne étoile était tardive, il avait dû ramer un peu, mais il ne lui en voulait pas de s'être pointée à la ramasse. Mieux valait tard que jamais.

Jeanne avait ôté ses chaussures

Jeanne avait ôté ses chaussures vernies et se promenait d'un pas mesuré. Avec délice, elle regardait s'enfoncer dans le sable humide ses orteils, dont Agathe avait verni les ongles pour l'occasion. En rouge grenat. Sa canne aussi s'enfonçait dans le sable : Gustave et sa douceur persuasive avaient eu raison de sa résistance. Ils avaient choisi un modèle racé. Élancé, en bois de cerisier, avec un pommeau cuivré en forme de chouette. De petites bourrasques friponnes ébouriffaient les cheveux de l'aïeule, des grains de sable venaient piquer ses joues, morsure de l'enfance…

Elle était à la mer. Avec sa tribu, comme elle aimait l'appeler *in petto* – Lise, Agathe, Gustave et Cédric. Ce dernier avait emprunté à son patron un Kangoo 7 places qui ressemblait fort à un utilitaire. Le trajet de deux heures les avait brinquebalés, prenant des allures d'expédition.

Agathe et Adeline se baladaient bras dessus, bras dessous en chuchotant, rieuses. Lise ramassait des coquillages, elle paraissait sereine. Quant à l'éditeur, il longeait la grève, plus loin, la mine sérieuse, faisant sauter un galet dans sa main. Sa cravate s'amusait avec le vent. Il devait réfléchir, comme à son habitude, au roman d'Agathe peut-être. C'était encore une pièce rapportée, mais un jour viendrait où Adeline et lui feraient pleinement partie de la bande.

Plus tard, les jambes fatiguées de leur promenade, ils étendraient sur le sable le grand plaid à carreaux bleu et gris de Double-Mémé Odette. Jeanne en personne l'avait sorti du coffre breton trônant dans l'entrée de La Bicoque. Il était temps que revivent les affaires de la disparue. Les choses n'y pouvaient rien si quelqu'un manquait. Elles n'étaient pas faites pour être mises sous châsse. S'en servir, c'était nourrir le souvenir.

Ils partageraient rires et fourzytout. Le gâteau imparfait aurait un peu le goût du sel. Ils feraient sauter loin le bouchon du cidre, dans le bruit du ressac et les cris des mouettes emportant la moitié de leurs paroles. Regarderaient, sans doute, le soleil se coucher sur la promesse du lendemain.

La vie gagnait toujours.

Conception graphique
Anne-Marie Bourgeois
&
réalisation
Laura Borée

#

Achevé d'imprimer
sur Roto-Page
par l'Imprimerie Floch à Mayenne,
en avril 2025

Dépôt légal
mai 2025

Numéro d'imprimeur
106885

#

Édition n° 1

Imprimé en France